達賴喇嘛的貓 2（好評改版）

我會告訴你快樂的真實原因，那是只有給你的專屬訊息！

作者　大衛・米奇

呼嚕嚕推薦

「故事從貓的主人即將消失開始，正如我們依賴或被依賴為快樂的條件，隨時會預警或不預警的消失，歸屬或掌控感的失落，都是震撼與痛苦的災難。隨著看清楚擁有與沒有、舊夢與希望所生快樂的副作用，自我的雲煙落幕之時，才驚見原來呼嚕嚕般的本然快樂一直都在。」——**《活佛老師說》第三世巴麥欽哲仁波切**

「我好喜歡達賴喇嘛的貓，彷彿尊者的化身，以一種寬宏包容的姿態親近讀者，告訴我們萬事萬物乃至於生命原本的樣貌，化解心中那些不必要的憂愁煩惱，讓平安喜樂住進我們的心裡面，像蜷臥在冬日暖陽下的貓咪，帶領你進入日常的哲理，愛上一個快樂的自己。」——**荒野夢二書店主人 銀色快手**

「在貓咪自在恬適的呼嚕嚕聲裡，我聽見超越人類的空性智慧，他們完全夠資格成為人類的上師。本書視角不凡，樂於推薦！」——**《老神再在》謝明杰**

「貓咪肯定是本世紀最能撫慰人心的禪師。」——**《給回來的旅行者》藍白拖**

The Art of Purring

DAVID MICHIE

The Dalai Lama's Cat 2

TO ERR IS HUMAN, TO PURR FELINE.—ROBERT BYRNE

主要人物場景介紹

達賴喇嘛

西藏第十四世達賴喇嘛尊者，於印度達蘭薩拉的麥羅甘吉（McLeod Ganj，又稱為「上達蘭薩拉」）成立流亡政府。某次從機場返國途中，解救了當時被包在報紙中、快要被當垃圾丟棄的一隻剛出生的喜馬拉雅貓。

尊者貓

英文縮寫為ＨＨＣ，其他如「毛澤東」、小雪獅、仁波切、斯瓦米、創世紀以來最美生物……都是她的別名。她出生在德里，屬於喜馬拉雅品種，因為被兩個流浪兒強行帶走，從此與母親兄姐分離。幸得達賴喇嘛收留，在尊者的膝上學習佛法智慧。

大昭寺

達賴喇嘛的官邸與辦公所在的寺院。

尊勝寺

藏傳佛教比丘與喇嘛起居的寺院，每日清晨五點以前，他們會從尊勝寺前往大昭寺集合做晨間靜坐。

邱俠

身材圓滾滾，為人圓融，以超越年齡的智慧，協助尊者處理一向棘手的寺院事務。

丹增

英國牛津大學畢業，專業外交家，協助尊者處理國際事務。

洛桑

出身自不丹王國的皇室，耶魯大學語言學與符號學博士，是位潛沉安靜的年輕比丘，也是尊者的翻譯官。

春喜太太

大昭寺廚房的義大利籍主廚，歌劇性格人物。她的女兒是瑟琳娜。

瑟琳娜

瑟琳娜·春喜，曾負笈歐洲學習廚藝，並服務於比利時二星級餐廳。最近應母親召喚，回到麥羅甘吉休假。並於老闆法郎回美國探親時，代管「喜馬拉雅·書·咖啡」。

喜馬拉雅·書·咖啡

原為「法郎咖啡館」，因擴增了書店區而更名。

山姆

山姆·戈德伯格，「喜馬拉雅·書·咖啡」書店區經理。

目錄

第九章　221
放下吧！你每花一分鐘憂慮，就會失去六十秒的快樂。別讓你的思考變得像小偷一樣，偷走你自己知足的快樂。
心念充滿太多起伏的情緒的話，就不會有快樂，不會有平靜；那對自己沒有用處，而且……對別人也沒有用處。

第十章　249
為了所有人的利益所做的決定會是容易的，但是如果存有「自我」，那就會相當困難了。
是先有快樂，才有成功。

第十一章　275
把「為自我設想」換成「為他者設想」這……就是變得快樂的最有效方法。
尊者：「是的，小雪獅，妳和我同在這裡並不是偶然。我們曾經創造了同在一起的因緣。」

前言　達賴喇嘛出作業

試著為自己找到快樂的真實原因吧。

哦，好，你終於來了。不過，是有點兒慢了呢……可別介意我這樣說噢！親愛的讀者，你看看，我有訊息要傳給你呢。這可不是普通訊息，當然也不是出自普通人。更重要的是，這則訊息攸關著你個人最深刻的快樂呢。

真的沒必要轉頭查看有誰站在你後面，噢，其實也不用東張西望的。這則訊息，真的，就是給你的！

在這世上，並非每一個人都能讀到這些文字，唯有極為少數的人類才能讀到。而且，你也不應該認為說這只是某個偶發事件，只不過是在你人生中某個時刻碰巧讀到而已。事實上，在人類之中，唯有那些因緣特殊的人——那些與我有特別關係的讀者，才能發現「我」接下來所要透露的一切。

或者，應該說是「我們」才對。

你知道的，我是達賴喇嘛的貓（尊者貓），而我要傳遞給你的訊息，其來源正是達賴喇嘛尊者（His Holiness Dalai Lama）本人。

我怎能說出如此荒謬可笑的話？我完完全全瘋了是吧！

若你允許我蜷伏在你的膝上……比喻啦，比喻的膝上，那麼，這件事情的始末，我將會為你娓娓道來。

幾乎所有的愛貓人，到了某個點上，都要面對一個難題：如何告訴愛貓你將要遠行？而且不是只有三四天連假那種哦。

人類到底會如何披露「他即將消失」這種消息，這可是貓族極度關切的議題。我們當中有些貓兒特別喜歡那種盡早而且充分的提醒，這樣子，在心理上才能堅定地面對例行常規的變動；但另外有些則覺得，這種消息若能像築巢季節的憤怒鵲鳥般從天空毫無預警地猛撲而下，那就最好不過了……就是在你領悟到快要發生什麼事情之前，事情就發生了那樣。

有趣的是，我們這裡的員工似乎天生就知道會這樣，而且也都依樣照做。有些人會在離家好幾個禮拜之前就開始用甜言蜜語哄著愛貓，但也有些人會不事先通知，就直接從置物櫃裡亮出恐怖貓籠。

然而當達賴喇嘛去旅行的時候，尊勝寺（Namgyal）這裡的日常作息仍一如既往，沒什麼大變動，所以就這樣，我成為最為幸運的貓咪之一。我依然每天花點時間俯臥在他一樓房間的窗臺上，這個絕佳景點讓我可以用最少的力氣維持最全面徹底的監控作業；同樣地，我也會在大多數的日子裡，花點時間在辦公室陪陪尊者的行政助理們。另外是我固定的散步行程，就是走到不遠的「喜馬拉雅．書．咖啡」（原「法郎咖啡館」）那個與我品味相符，又滿是美味誘惑的好地方。

即便如此，尊者不在家的時候，生活就是不一樣。要怎樣才能清楚描述有達賴喇嘛在身旁的感覺呢？說得簡單點，就是「棒透了」。從他一踏進房間的那一刻起，房裡所有生命體都會被他由衷的快樂能量觸動。無論你的人生正遭逢何種變故，無論你正面臨怎樣的痛苦或損失，當你與尊者同在的時候，你就能體會到那種感受，那種內心深處「一切都好」的感受。

如果你之前從未有過這種體驗，那就像是「某個層面的你自己」被喚醒了；但其實，那個層面一直都在，一直都像地底河流般不斷流動著，然而直到此刻你方才察覺。你與這個源頭重新連接後，不只能體驗到你的存在核心之中那份深邃的平靜泉源，你還能瞥見到自己的「意識」……光明璀璨、無邊無際、充滿了愛。

達賴喇嘛看見了真實的我們，並將我們的真實本性反映給我們知道。這就是為何在他面前，有這麼多的人都覺得自己融化了。我曾目睹好幾位身著深色西裝的重要人物當眾大哭起來，而原因只是尊者碰觸了他們的手臂。世界各大宗教團體的領袖只為了見他一面而大排長龍，然後又為了能再次向他做自我介紹而不惜排第二次的隊。我曾不只一次看到坐在輪椅上的人們喜極而泣，只因尊者為了能握到他們的手而隻身走入群眾之中。尊者總是提醒我們還可以成就的最好狀態是什麼……還有比這更棒的禮物嗎？

所以你會了解，親愛的讀者，達賴喇嘛旅行去了，即使我仍然可以繼續享受尊榮舒適的生活，但我還是非常樂意有他在家。尊者知道這一點，就像他也知道我是那種希望他去旅行之前能事先被充分告知的貓一樣。他的兩位行政助理，圓滾滾的年輕比丘邱俠（Chogyal）協理廟方事務，經驗豐富的外交家丹增（Tenzin）協理國際事務，他們當中只要有人向他提出與旅行相關的要求，他便會抬起頭，然後說：「下週末有兩天要在新德里。」諸如此類的話。

他們兩人還以為尊者是在跟他們確認行程呢。其實不是的，那些話是尊者特意為我說的。

遠行之前的那幾天，他總會再次提醒我這件事情，用「再睡幾次覺」……也就是「再過幾個晚上」這樣的說法，讓我具體明白再過多久他就不在我身邊了。出發前的最後一夜，他也總會安排好我倆能單獨相處的寶貴時光，就只有我們兩個哦。即使只有短短幾分鐘，但我們心意相通，那是唯有在貓族與其人類夥伴之間才可能發生的深刻交流。

這讓我想起尊者要我傳遞給你的訊息了。我們分開最久的那次，是他那趟為時七星期的歐美開示之旅，他在離開的前一晚提起了這事。那時，薄暮遍灑岡格拉山谷（Kangra Valley），他從書桌前推椅站起，走向我正在休息的窗臺，屈膝跪坐在我身旁。「我的小雪獅，我明天就得走了……」他用了他最愛的暱稱喚我，深深地直視我湛藍的雙眼。「小雪獅」是令我喜悅的稱呼，藏人認為雪獅是來自天堂的生物，象徵著美麗、無懼、歡樂；「七個星期是我外出行程中最久的一次。我知道你喜歡我待在這兒，可是其他的眾生也需要我。」

我從休息的地方站起身來，把前爪往前伸出，好好地做了個貓式伸展，然後打了一個暢快的哈欠。

「多好看的粉紅小嘴啊，」尊者微笑說道：「很高興看到妳的牙齒、牙齦狀態都不錯哩。」

我靠近他，撒嬌地用頭部頂著他，鑽入他懷裡。

「噢，妳可把我給逗樂了！」他說。我們就這樣待著，額頭相對，他用手指撫摸著我的後頸；「我要出門好一陣子，但妳的快樂不應該是因為我在妳身邊。若我不在，妳仍然可以非常快樂的。」

他以指尖按摩我的耳後，那正是合我心意的方式。

「妳可能以為快樂來自於有我相伴，或有餐廳給妳食物……」

尊者對於我為什麼是「喜馬拉雅．書．咖啡」這麼熱情的忠實粉絲這點倒是沒有一點含糊。「但是接下來的七個禮拜，試著為自己找到快樂的真實原因吧。我回來後，再告訴我妳的新發現。」

達賴喇嘛溫柔深情地將我抱起，站在打開的窗戶前，俯瞰著岡格拉山谷。景色真是壯麗；蓊鬱蜿蜒的山谷中，盡是如波浪般湧動的常綠樹海。遠方，喜馬拉雅群峰頂尖上的冰雪在夕陽餘輝中閃閃發光。而穿過窗戶吹送進來的陣陣微風則滿載著松針、杜鵑、橡樹的芬芳；如此迷人的香氛攪動著周遭的氣息。

「我會告訴妳快樂的真實原因。」他在我的耳邊低語。

「是只有給妳的專屬訊息……也是給那些與妳有特殊因緣的人們。」

我開始呼嚕嚕起來，而且很快地就達到一台微型馬達穩定嘶吼的程度。

「沒錯，小雪獅，」達賴喇嘛說：「我想要讓妳研究一下呼嚕嚕的快樂。」

第一章

在這開展中的故事中，快樂的許多面向將會逐步浮現，而且都是……「副作用」，在意料之外，也是深具價值的回報。

來訪嘉賓：心理學家

擁有什麼會快樂？「沒有」什麼會快樂？

親愛的讀者，你可曾覺得奇怪，那些看來最微不足道的選擇，怎麼有時候就是能演變成一連串改變人生的重大事件？你以為所做的選擇是再平凡、再日常不過的，但其所帶來的結果卻是既戲劇化，又出乎意料吶。

以下就是那個周一午後發生的事；當我走出「喜馬拉雅・書・咖啡」時，我決定不直接回家，而是改走所謂的風景路線。它並不是我常走的路線，原因很簡單，那就是它其實沒什麼風景……或者說，它根本算不上什麼路線，說它是位於「喜馬拉雅・書・咖啡」與隔壁房宅後方的一條陋巷，這樣應該比較貼切。

不過，再怎麼說它都是一條離家較遠的路，所以我很清楚走這條路回尊勝寺會花我十分鐘的時間，而不是平常的五分鐘。但因為我整個下午都在咖啡館的雜誌架上睡午覺，因此我深感有必要好好活絡一下四肢。

於是，來到咖啡館前門時，我沒向右轉，而是向左轉。我從容走過咖啡館的側門，然後再次向左，沿著堆放垃圾桶的窄巷走著，穿過廚餘……那種混搭各式菜尾的撩人氣味團。我繼續走我的路，但因為我從小兩條後腿就比較沒力，所以有點搖晃感。偶然間瞥見咖啡館後門下面有個銀棕色相間的東西，我便停下腳步翻弄著，後來才確認那只是個……不知為何夾在鐵欄杆間的香檳酒瓶軟木塞。

就在準備再次左轉時，我才警覺到有危險。在離我大約二十公尺遠的大街上，我偵測到有兩頭前所未見、看起來超級兇惡的超大型犬。他們是從外地來的，光是杵在那兒，鼻孔前熱氣蒸騰，一身長毛在向晚時分隨冷風飄動的模樣，就足以造成對他者的重大威脅了。

最糟糕的是，他們沒有綁狗鏈。

如果當時能發揮後見之明的話，在那個當下我最應該做的就是退回巷子，然後從咖啡館的後門繼續撤退，這樣便可保全自己。因為那些欄杆間隙僅能容我穿越，對這兩隻龐然大物而言可說是窄得不像話了。

然而在實際的那個當下，我卻是在想：他們到底有沒有看見我勒？結果是，他們看見了，而且馬上急起直追。我的本能隨即啟動，急轉向右，然後拚命擺動我那不甚穩健的四條腿。心臟砰砰跳，毛髮全都豎，我沒命地狂奔，尋求庇護。在我生命中那些少見的腎上腺素狂激爆發的時刻，我覺得自己無所不能，哪裡都能去，就算是竄上最高的樹或者擠進最小的縫隙都行。

但那時真的無路可逃，眼下毫無安全之處。大狗們向我身後近逼，那惡毒的吠叫愈來愈大聲。在徹底的恐慌，加上無處可躲藏的情況下，我衝進一旁的香料店，想說這裡可以往上爬到安全的高處；再者，或許還可以混淆大狗尋到我的氣味。

這家小店裡全都是一排排的木櫃子，上頭有裝著香料的銅碗，擺設的風格看來一絲不苟。幾位家庭主婦打扮的女人本來都把研磨盆放在膝蓋上，正搗著香料呢。我一竄過她們腳邊，她們就一個個連聲尖叫起來，跟著來的則是大狗的憤怒嘶吼、血脈賁張、不住彈跳，還作勢要撲將過來。

我聽到金屬掉落水泥地上的噹啷聲。有好幾個銅碗摔了下來，不同顏色的香料因此像一朵朵爆炸後的雲朵瀰漫空中。我奔向店鋪後方，原本想再找個可以跳上去的架子，卻發現門扉緊閉。不過，櫃子之間的空隙尚可容我伸長爪子，緊縮身子穿過。櫃子後方原該有的牆面卻只覆以一張破舊的塑膠布，再出去則是一條荒廢的無人小巷。

兩條大狗啟動激昂吠叫模式，爭著把大頭塞進櫃子之間的縫隙。我真是嚇壞了，急忙評估了一下巷子的狀況……竟是條死巷！唯一的出口可能還是要回到大馬路上啊。

在香料店的前方，生氣的女人們追打那兩頭惡犬，不時傳來他們嗚咽的低鳴聲。我一向光彩的白毛外套此時也沾上各種香料的顏色。我沿著巷子的排水溝蹦跳而上，回到大馬路，然後極盡我虛弱四腿僅存的力量沒命似地逃亡。可是那條馬路有斜坡，雖只是一小段路卻也快折磨死我了。即使我使盡了吃奶的力氣，成效似乎也不大。我掙扎著要儘量擺脫大狗的糾纏，努力搜尋著某處……某個隨便都好的地方可以給我庇護。但是舉目所見無非都是些商店櫥窗、水泥牆壁，以及無法穿身而過的鋼鑄大門。

我的身後仍然是狗吠聲亂成一團，只不過現在還混入了香料店女人們的怒斥聲。我轉頭便看見她們正拍打大狗側腹，使勁要把他們推出店門外。這兩頭怪獸目露凶光，舌頭在外晃蕩，口水橫流，正用他們的狗爪子刨著人行道哩。與此同時，我則繼續掙扎著要攻上這段上坡路，一心期盼著這些穩定的人潮車流可以隱藏我的行蹤。

然而，就是無路可逃。

片刻之間，怪獸確認了我的味道並重新追擊。他們凶殘的咆哮聲嚇得我魂飛魄散。

我的確跑了蠻長的路，但還是不夠。怪獸沒幾下就追了上來。此時，我跑到了一棟有白色高牆的房子前面，我注意到黑色的鑄鐵大門旁的牆邊上有個木格架子。我接下來要做的事情是我從前想都沒想過的，但是還有什麼選擇嗎？就在大狗撲上我的前幾秒鐘，我跳上木格架子，用我灰撲撲的毛毛腿盡可能快速地往上攀爬。情況很艱辛，但我還是一步一爪印，努力把自己往上提。

我才一跳上牆頭，怪獸就圍上來瘋狂吠叫，還用身體撞木格架子。接著便傳來木頭啪啪啪的碎裂聲，架子應聲而斷，其上半部從牆頭晃蕩而下。要是我還在爬的話，現在的我不就在他們的血盆大口之間來回懸盪了嗎！

我立在牆頭上，往下看到他們外露的大牙，那陣陣狗嗥真是令人毛骨悚然，我渾身發抖，就像是和地獄來的使者直接眼對眼、面對面一般。

激動狂躁的吵雜叫聲一直持續著，直到大狗們注意到有另一條狗，在大街上不遠處的人行道上舔東西。他們飛奔而去時，出其不意地被一個穿著粗花呢夾克的高個兒男子攔截下來。他一把抓住他們的頸圈，喀嚓一聲扣上約束帶。他彎身查看他們時，我聽到有個路人說：「好漂亮的拉布拉多噢！」

「是黃金獵犬。」男子糾正道，「年輕氣盛，但……」他一邊愛憐地輕拍著他們，一邊說：「非常可愛。」

非常可愛？全世界都瘋了嗎？

似乎過了好幾個世紀之後，我的心跳速率才回到接近正常值，那時候我才看清自己的真實處境。環顧四周，完全找不到一根樹枝，或什麼突出物，或任何逃脫路徑。我所在的牆上，一端有個大門，另一端竟然垂直落下。我想到我這張沾滿香料的小臉蛋急需仔細清洗，好給自己重新打氣，於是就伸出小爪子到嘴邊……不料卻傳來一陣異常辛辣的味兒，想好好洗把臉的衝動頓時全消。因為我知道，只要舔上一口，我這張小嘴兒就會著火。光想就夠了。我就在那兒，在又高又陌生的牆壁陷阱裡，甚至連洗把臉都辦不到！

我別無選擇只好留在原地，等等看會發生什麼事情。牆內的景物與我感受到的混亂呈現尖銳對比，那是一幅寧靜的風景畫，好似我之前聽比丘們談到的佛教淨土一般。透過相間的樹枝，我可以看見有座富麗堂皇的大型建築，四周則圍繞著許多連綿的綠地和百花盛開的花圃。我渴望能夠下去，到花園裡玩，去陽臺上走走，去找找吃的也可以……那裡看起來正是那種我可以輕鬆融入的地方。如果那幢漂亮建築裡有人看見小雪獅我在他們家牆上進退不得，他們一定會大發慈悲來救我的吧？

然而，雖說那建築物的門口活動頻繁，但就是沒有人進出我所在這面牆邊的大門。而且，這牆非常高，連路上行人也幾乎看不到我。極少數的人的確有朝我這邊看過來，但卻也沒有多加留意。隨著時光流逝，太陽也開始滑落地平線下，我覺悟到如果沒有人來幫幫我的話，我還得在這裡待上一整晚。我試著發出一聲「喵……」，那喵聲裡有愁苦，卻又帶點自制。我太清楚很多人不喜歡貓了，所以引起他們的注意也只會讓我的處境更加危險。

不過，我根本無需擔憂會引起不必要的注意這種事，因為其實我並沒有得到任何一丁點的注意。在「喜馬拉雅・書・咖啡」我可能被尊為尊者貓，達賴喇嘛的貓，但是現下在這牆上，我渾身上下被香料弄得髒兮兮，也沒有人認識我。在這兒，我被徹徹底底地忽略了。

親愛的讀者，我將為你省去接下來好幾個小時，我在那堵牆上的完整歷程，還有我被迫忍受的那些漠不關心的瞥視、不解的笑容，以及兩個不良兒童在放學途中的百般無聊下向我丟過來的許多石頭。天色已暗，我也筋疲力盡，終於，我注意到有個女人正穿過街道。一開始我並沒有認出她來，但她身上有某種東西讓我覺得她就是那個會來救我的人。

「喵……」我發出哀求聲。她穿過馬路。等到她愈走愈近，我才看出來她正是瑟琳娜・春喜，也就是尊者的VIP主廚、全尊勝寺最仰慕我的人，春喜太太……的女兒。瑟琳娜最近被授命成為「喜馬拉雅・書・咖啡」的代理經理，芳齡約三十有五。身段苗條婀娜的她，及肩的黑髮束成馬尾，身著瑜伽服。

「仁波切！」她大喊，神色驚慌：「妳在那上面做什麼？」

我們在咖啡館裡只見過兩次面，所以她認出我來的那一刻，我心中如釋重負的感覺真的是無以言喻。不一會兒，她就把附近的垃圾桶拖到這牆邊，然後爬上垃圾桶並伸長了手到我身邊。她把我環抱起來的同時，不禁憐愛地查看著我身上這件被香料玷污的毛衣，還有我又髒又亂的全身。

「可憐的小東西，發生什麼事了？」她邊問邊將我抱近時，便能逐漸理解這些顏色雜亂的污漬和嗆鼻氣味的由來：「妳一定是遇到什麼大麻煩了。」

我用臉來回撫觸著她的胸部，感覺到全身都浸潤在她肌膚的溫暖柔香裡，和她令我安心的心跳聲中。我們一步一步走在回家的路上時，這份安心更加深化為某種在整體上更強大的東西——一種強大的連結感。

瑟琳娜自成人後便多半在歐洲生活，她回到印度達蘭薩拉、達賴喇嘛居住的所在地麥羅甘吉（McLeod Ganj，又稱為「上達蘭薩拉」）才幾個星期的時間。她在歐洲長大，在一戶熱愛飲食的人家裡住宿，因此高中畢業後，她便去讀義大利的餐飲學校，然後就一直從事廚師工作。她在幾間歐洲最棒的餐廳一路由基層往上爬。最近，她辭去了威尼斯最具代表性的「丹尼爾李飯店」（Hotel Danieli）的主廚工作，並預計在位於倫敦上流住宅區梅費爾（Mayfair）的一家頂級餐廳接任高層職位。

我知道瑟琳娜志向遠大、活力充沛，也極有才幹，我也曾聽她對「喜馬拉雅．書．咖啡」的主人法郎說過，她一直覺得自己必須暫停餐廳那種二十四小時重複、單調的生活。無情的壓力已使她疲累不堪，該是休息充電的時候了，等六個月過後，她才會回去接任倫敦市區那個最受眾人矚目的職位。

她一點兒都不知道回達蘭薩拉這一趟，竟會碰巧遇上法郎急需找人幫忙管理咖啡館的這段空檔。法郎當時正準備回舊金山照顧病勢沉重的父親。雖說從瑟琳娜以往的度假計畫來看，休假中要再介入與食物相關的任何事情是前所未有的，但是，管理「喜馬拉雅．書．咖啡」看來只是個兼職。咖啡館只有在每週四至週六供應晚餐；白天時段的服務項目則有領班庫沙里照看著，瑟琳娜的擔子應該不會太重。法郎還向她保證會很有趣，而且可以有點事情做做啊。

更重要的是，他需要有人照顧他養的兩條狗。法國鬥牛犬馬塞爾和拉薩犬凱凱，是咖啡館另外的兩位非人類住民。一天之中大多數時間，他們都待在接待櫃臺下方的柳條籃子裡睡大覺。

結果不到兩個星期，瑟琳娜便成為咖啡館的活招牌；人們一見到她，無不馬上折服於她的魅力。咖啡館的客人都情不自禁地感染到她的活力……她似乎就是知道如何將夜晚轉化為一篇美好的回憶。她如一陣微風走在館內時，那溫暖樂觀的性格很快就讓服務生們使出渾身解數讚美、取悅她。書店經理山姆為她癡迷已經是公開的事了，而專業的印度侍者，高大精明的庫沙里也扮演慈父的角色保護著她。

當法郎向瑟琳娜介紹我時說「這位是仁波切」，那會兒我已在我的老地方，雜誌架最上層的《時尚》和《浮華世界》中間，休息好一陣子了。藏語「仁波切」一詞的發音是 rin-po-shay，意即「珍貴者」，也是給博學的藏傳佛教老師的一個尊稱。對這樣的介紹，瑟琳娜的回應是伸出手撫摸我的臉龐，口中說的是：「真是可愛極了！」

我的寶石藍雙眼迎上她發亮的黑色瞳孔時，那一瞬間我們認出了彼此。我因此知道了對我們貓族而言最為重要的一件事，一件我們用內在才能領悟的事——我來到一位愛貓人的面前了。

在那場與大狗衝突的香料店冒險記之後，現在，瑟琳娜正以溫暖的濕布擦拭我的厚毛衣吃進去的香料污跡，庫沙里也在一旁幫忙。我們在咖啡館的洗衣間裡，那是廚房後方的一個小房間。

「這樣對仁波切可不好，」瑟琳娜極其溫柔地刷洗我的灰色靴子上某處深色染漬時如此說道：「但是我還真愛這些香料的氣味呢。這些香味帶我回到小時候家裡的廚房：有肉桂、小茴香子、小荳蔻子、丁香……葛拉姆香料粉（garam masala）的美好風味，我們把這些香料用在雞肉咖哩還有其他菜餚裡。」

「妳會做咖哩嗎？瑟琳娜小姐。」庫沙里好像嚇了一跳。

「那可是我在廚房裡最早學做的菜色呢，」她說：「那是我童年往事的味道。現在仁波切把它們全都帶回來給我了。」

「小姐，我們尊敬的客人們常常會問到菜單上有沒有印度料理呢。」

「我知道啊。而且，已經有好幾位客人向我要求過了。」

達蘭薩拉不缺提供印度料理的流動攤販、路邊攤和較正式的餐廳。只不過據庫沙里觀察：「人們要找的是他們信得過的店家。」

「你說得沒錯。」瑟琳娜同意道。接著，她停頓一會兒後又說：「可是法郎說得很清楚，這菜單不能動。」

「對啊，我們必須尊重他的意願……」然後，庫沙里特別強調地說：「在我們咖啡館通常會供餐的那幾個晚上。」

接下來是一陣靜默。瑟琳娜撿除了幾顆不知怎地卡在我尾巴毛裡的全粒胡椒，而庫沙里則試著輕彈我胸口上那一片頗刺眼的匈牙利紅椒粉。

當瑟琳娜再次開口說話時，她的聲音裡出現微笑線條：「庫沙里，你剛剛說的意思……和我想的是一樣的吧？」

「呃，抱歉小姐，我沒聽懂妳的意思。」

「你覺得我們可以在某個周三晚間開放，然後……試賣一些咖哩菜色嗎？」

庫沙里看向她的眼睛，滿臉的驚嘆之色，隨即爽朗地大笑說：「小姐！這個主意真是太棒了！」

我們貓族向來不喜歡水，溼漉漉的貓咪肯定是不快樂的。瑟琳娜知道這一點，所以她和庫沙里一把我的毛外套清洗到接近原來的狀態時，便用特地挑選的蓬鬆毛巾為我擦乾，接著她要庫沙里去找幾小塊雞胸肉讓我覺得更好過些，然後才要送我回到大昭寺（Jokhang）的家。

因為是周一晚上，咖啡館沒開，但庫沙里還是在冰箱裡找出幾小塊美味的食物，還先熱好了才放到我專用的小瓷碗裡頭。為了要順應我的習慣，他特地把小瓷碗拿到咖啡館後方我通常用餐的所在，瑟琳娜則雙手抱著我走在他後面。

雖然餐廳區這邊有點兒暗，但是，書店那邊，經理山姆．戈德伯格（Sam Goldberg）正巧在舉辦一場讀書會。瑟琳娜和庫沙里把我放下來，讓我自己津津有味地進攻晚餐，而他們則走到咖啡館的書店區那邊；當時大約有二十個人排排坐著正在觀賞幻燈片。

「這是一九五〇年代晚期的一本書中所描繪的未來……」聽說話聲是個男生。再瞧瞧說話者的光頭、金屬框眼鏡，還有山羊鬍子，這些都讓他看起來特逗，增添了淘氣味兒。我馬上就認出了這張臉。山姆早在幾個禮拜之前就把他的海報掛在店內，還加上《今日心理學》（《Psychology Today》）描述這名男子的一段話，這位著名的心理學家是當代最重要的思想領袖。

那時我才注意到山姆正站在後面引導遲來的客人。山姆的五官清新英俊，額頭豐隆，黑髮微捲，在他那副有點怪異的眼鏡後方是淡褐色的雙眼，明明散發著清朗的智慧氣息，卻又有些自信心不足這點，還真叫人好奇。山姆和瑟琳娜一樣，都只在「喜馬拉雅．書．咖啡」工作一小段時日，只不過他做的是全職。

幾個月前山姆是這家咖啡館的常客，有一次法郎問他那些書啊、下載啊……都是些什麼東西，怎麼他成天都在關注那些。山姆解釋說那是因為他曾經在洛杉磯一家大書店工作過，直到它後來結束營業才離職。法郎即刻留意上這件事情。法郎一直在思考如何將當時的「法郎咖啡館」內沒有充分利用到的一處空間改建為書店，但是他需要專業人士的協助才能夠做到。要是人對了、地點對了、時間也對了，那事就成了。

不過，這事還是費了好一番唇舌才成的。山姆當時因洛杉磯書店結束營業，疑似是遭解雇一事而心理受創。他覺得自己能力不夠，無法承擔這份工作。法郎使出了渾身解數，還承蒙法郎的喇嘛，旺波格西（Geshe Wangpo）的大力協助，才讓他鬆口答應，順利在「喜馬拉雅．書．咖啡」裡面增設了書店部門。

「大家記住，從一九五〇年代的觀點，今日就是當時所說的未來，」山姆的主講嘉賓繼續說：「在場有沒有人想要針對作者的眼光正確與否發表一下看法呢？」

觀眾席上傳來咯咯笑聲。螢幕上的圖片顯示有個家庭主婦正在掃除家具上的灰塵，而她的丈夫則剛從天空降落，正在屋外停放他的抗地心引力汽車；天空滿布著飛行的汽車與背著噴射氣囊的人們。

「露西・鮑爾（Lucille Ball）的髮型看起來不太有未來感。」觀眾席中有位女性說完後，引發更多笑聲。「他們的衣服……」另一個人才這麼一說，大家就笑得更大聲了，「那女的穿的蓬蓬裙，和她老公穿的煙管褲顯然不是今天會看到有誰這麼穿的。」

「那你們覺得那些噴射氣囊如何？」又有另一個人加入討論。

「對啊，」主講人附和道：「我們現在都還沒等到呢。」他又點入幾張畫面讓大家瀏覽一番，「這些都顯示了一九五〇年代那時的人們對未來的想法。讓這些畫面錯得這麼棒、這麼有意思的並非只有圖片裡面的東西。圖片當中『沒有的東西』也是呀。這張圖片裡少了些什麼東西呢？大家說說看。」他邊說著，邊停在某個畫家筆下二〇二〇年的街景模樣，人行道成了輸送帶，倏來忽往在運送人群。

因為我太專心吃著我的雞排餐了，所以即使覺得螢幕上的畫面太超現實，確切的原因是什麼我也說不上來。會場靜默了一會兒，然後有人評論道：

「沒有行動電話。」

「沒有女主管。」另一人接著說。

「沒有有色人種。」有人說。

「沒有刺青。」又有人說。聽眾們開始留意到愈來愈多的東西。

主講人稍稍停了一會兒，讓這幾張畫面能充分被理解：「你可能會認為，一九五〇年代的事物與當時人們所想像的未來事物，這兩者之間的差異就在於他們所關注的地方。譬如說，抗地心引力汽車，嗯，或者是人行道輸送帶。而在他們的想像世界裡，其他的一切都不會變。」

聽眾們在消化吸收他剛剛所講的內容，一陣靜默。

「朋友們，那，就是原因，就是為什麼我們在預測未來事物時都很弱的原因……特別是，能讓我們快樂的可能會是什麼東西？就是因為我們都想說生活中的一切會保持原貌，而會改變的只有那個我們關注到的事物。」

「有人把這種現象稱為『現代主義』（presentism），這種想法傾向於認為，除了某一個特別的差異以外，未來就和現在一樣。當我們想到明天的時候，除了那個差異之外，我們的頭腦很擅長填入現有的其他一切。我們用來填入明天的材料是『今天』，就像這些圖片所顯示的那樣。」

主講人繼續說道：「研究指出，當我們要預言對未來事件的感受時，我們都沒有覺悟到自己的頭腦正在玩這種『填空』遊戲。

為什麼我們會認為找到一個在三角窗辦公室的工作會有一種成就感，為什麼我們會認為開著昂貴的汽車會帶來無比的歡樂，這種『填空』遊戲可以提供部分解釋。我們認為生活會像現在一樣，而差異只在於那特別的一點之上。」

「然而，事實是，正如我們剛才所見到的……」主講人手指向螢幕。

「實情是很複雜的。譬如說，我們沒有想到，隨著三角窗辦公室的工作而來的是，在平衡工作與生活方面會發生巨大的改變；我們也沒有想到，昂貴的汽車會使人擔心閃亮新車上的刮痕和凹陷，更不用說每個月要付的貸款了。」

我原本可以待得久一點聽完這場座談，但是瑟琳娜想要回家了，而且她還要送我安全回到大昭寺。她雙手將我抱在懷裡，溜出咖啡館後門，走到馬路上。到了尊勝寺，我們穿過庭院到了尊者的居所，然後瑟琳娜彎下腰來將我放在大門入口處的階梯上，就好像在安放一件上好的瓷器似地。

「小小仁波切，我希望妳現在覺得舒服些了。」她如此低語時，還用指尖輕撫著我的毛外套，現在已幾乎全乾了。我愛極了她用長指甲按摩我的皮膚。我伸長了身子，用沙紙般的舌頭舔著她的腳。

她笑了：「噢，我的小女孩，我也好愛妳啊！」

尊者的行政助理之一邱俠已為我在樓上的老地方備好晚餐。因為我在咖啡館吃過了，實在不怎麼餓。所以，舔了幾口無乳糖牛奶後，便走進我和尊者共用的私人空間。他每天待最長時間的房裡現在寂然無聲，只有月光獨照。我朝著窗臺上那塊我最喜歡的地方走去。即使達賴喇嘛遠在千里之外的美國，我仍能感覺得到他的臨在，好似他就在我身旁一般。或許，是月光的魔力，將房內的一切浸染上飄逸幽遠的單色光。不過，不管原因為何，我都感受到了一股深刻的寧靜，這種感受和每次與他同在時我所感受到的幸福是相同的。

我猜想，他此次臨別時所告訴我的是——**這種寧靜與恩典的流動是我們任何人都能體會與連結的，我們僅僅需要安靜坐著**。

自從今日午後驚魂，這是我首次得空可以開始舔舔爪子，洗洗臉蛋。我仍然能夠看見惡犬向我近逼，但是現在卻覺得好像只是在轉述發生在別隻貓咪身上的事情而已。曾經排山倒海而來、重創身心的事件，現在已濃縮為尊勝寺的寧靜裡一篇短短的回憶罷了。

我還記得先前在咖啡館裡那個心理學家說過，人們通常都不怎麼知道如何讓自己快樂。他的說明是有趣的，當他在解釋那些圖片的訊息時，我突然想到其他事情……好熟悉啊，這不是和達賴喇嘛常說的一樣嘛。

尊者沒有用類似「現代主義」這種詞彙，然而他要傳達的意思是完全一樣的。尊者也觀察到人們總是告訴自己快樂是建立在某種地位、某種關係，或某種成就之上的。人們總是認為如果沒有得到想要的東西就會不快樂。正如他所點出的矛盾之處……**即使我們真的得到了想要的東西，通常這個東西也沒辦法給予我們所要的那種快樂**。

我安坐於窗臺之上，凝視外面的夜色。從比丘們的居所，那些方格窗裡的燈火穿透夜色，閃爍搖曳著。香味穿過一樓的窗戶飄了過來，提示著我比丘廚房裡正準備著晚膳。我聽到廟裡傳出的男低音吟誦，比丘們正結束他們的第一節冥想晚課。雖然我下午受到驚嚇，現在又回到了一間沒開燈的空屋子，當我把爪子收攏，安坐於窗臺之上時，我感受到的滿足竟遠勝過我所預期的。

接下來好幾天，在「喜馬拉雅．書．咖啡」，有一連串熱鬧滾滾的各種活動。瑟琳娜除了原有的事務之外，還快速地落實「咖哩之夜」的想法。她徵詢了咖啡館的廚師們，尼泊爾兄弟晉美和阿旺．札巴（Jigme，Ngawan Dragpa），他們都非常樂意分享祖傳的私房咖哩配方。她還在網路上四處蒐羅罕見的絕佳菜色，並新增到她那本已經寫滿珍饈的食譜筆記裡。

某個周一晚間，瑟琳娜邀請一群和她同在麥羅甘吉長大的朋友來試吃一些咖哩料理，有的是她找到的，有的是她創作的。於是，從廚房裡傳來了本咖啡館前所未有的香料組合所迸發的誘人香氣，既濃郁又豐富……有芫荽和嫩薑、甜紅椒粉和紅辣椒、葛拉姆香料粉、黃芥末子，還有肉豆蔻。

自瑟琳娜從歐洲歸來後，這是她首次下廚。無論是做素食的脆皮咖哩餃（samosa），或是從烤爐上翻騰出一大疊囊餅（naan），印度薄餅，或是把優格醬擠成螺旋狀以便裝飾銅碗裡的馬德拉斯咖哩，瑟琳娜做起來都十分得心應手。她回想起當初創作料理的單純樂趣，那是引領著她去接受廚師訓練的熱情所在。而捧著一大盤香料做做實驗這種事，她竟然已經十五年沒碰了。

她的朋友們都懂得感恩，也能提供建設性的評論。在最後一枝開心果小荳蔻雪糕被吃掉、最後一杯香料奶茶被喝掉之前，「咖哩之夜」的想法已經擴展為某個在整體上更加豪華的概念，那將會是一場印度風的盛宴，這就是他們的熱情表現的所在。

不到兩星期之後的開幕餐會上，我正是盛宴的「高層」（雜誌架）見證者——既然我常駐於「喜馬拉雅．書．咖啡」，又怎會不是呢？更何況，瑟琳娜早已應允要給我大份的馬拉霸（Malabar，印度西南邊）美味鮮魚咖哩。

餐廳裡從來不曾同時有這麼多的食客上門。「咖哩之夜」已證明人氣果然很高，必須延伸到書店區多設一些餐桌，還要多雇兩名當晚能上工的服務生。客人中有些是當地居民，也有咖啡館的常客，另有許多人是瑟琳娜從小便認識的親朋好友。瑟琳娜的母親有種歌劇性格，也是眾人注目的焦點；她裹著色彩繽紛的印度長巾，手腕上的黃金手鐲錚鏦作響。看著女兒調度著當晚的一切，她琥珀色的眼睛裡閃耀著得意的光彩。

彷彿要平衡四射的義大利活力似的，與春喜太太同桌的是來自達賴喇嘛辦公室的冷靜代表團，團員包括尊者的行政助理邱俠和丹增，丹增的夫人蘇珊，及尊者的翻譯官洛桑（Lobsang）。

邱俠，他的心很暖、手很軟，是繼達賴喇嘛之後我第二喜歡的比丘。他以超越年齡的智慧處理一向棘手的寺院事務，是尊者非常重要的助手。達賴喇嘛不在時，餵食我的工作也由他負責，這項任務他執行得可說是一絲不苟。

一年前，達賴喇嘛的居所要重新裝修時，就是邱俠志願帶我回他家的。因為氣他魯莽，將我帶離我熟悉的一切，我便對他猛烈攻擊一番。接下來三天就窩在羽絨被底下生悶氣，後來卻發現我錯過了一整個令人興奮的新世界，那是個有某隻雄壯虎斑貓存在的世界，虎斑貓後來更成為我家小貓們的父親。在我經歷一生中的多次冒險時，邱俠一直是我忠實又有耐心的朋友。

在行政助理辦公室裡，坐他對面的就是丹增，他是位文質彬彬的專業外交家，雙手總是散發著石碳酸皂的氣味。他自小在英國接受教育，我這一生所知道的歐洲文化都是與丹增在醫務室內吃午餐時，從英國廣播公司的節目（BBC World Service）聽來的。

我並不認識丹增的夫人蘇珊，但是洛桑這位潛沉安靜的年輕比丘、尊者的翻譯官我倒是還蠻熟的。洛桑與瑟琳娜彼此也是認識很久了，他倆可說是一起在麥羅甘吉長大的。洛桑是不丹王國的皇親，他剛來尊勝寺出家讀經時只是個小沙彌。後來春喜太太需要幾名廚房助手，瑟琳娜和他都被徵召入廚；隨後他們發展出密切的朋友關係，這就是為什麼洛桑也出席了首次「咖哩之夜」晚宴。

宴會當晚，瑟琳娜將咖啡館變身為一間豪華餐廳，在繡工精美、鑲有亮片的桌布上，她擺放了雕刻精緻的調味罐。每個餐桌上都有銅製的蓮花燭臺，上頭都有閃閃發光的小燈串簇擁著。

隨著印度冥想的背景音樂催眠似地起落節奏，從廚房門口走出了手捧著佳餚的隊伍。從炸蔬菜（pakora）到芒果雞，每一道菜色都受到熱烈歡迎。至於馬拉霸鮮魚咖哩的滋味，更是我親自保証的。魚肉口感溫潤多汁，醬料則調得濃滑可口，配上剛剛好的鮮芫荽葉末、薑末、小茴香子粉，帶來一陣愉快的活力。才幾分鐘光景，我不只吃完了這一份餐，還把小碟子舔了個乾淨。

瑟琳娜是一切的中心，她嫻熟地發號司令。她為了今晚特地穿了深紅色的紗麗服（sari），化「眼黛妝」，戴上水晶燈形長耳環，還有珠光寶氣的裝飾衣領。一整個晚上，她穿梭在不同的餐桌之間，我無法不注意到她溫暖的內心有多麼令人們感動。在她和朋友相處的有限時間裡，她會讓對方覺得他們就是她世界的中心。相對的，她也因為受到人們傾注的關愛而感動不已。

（譯註：眼黛，Khol，是化眼妝用的粉末，一般以棉花燒成極細微的粉末，並調以浸過香花的油脂。眼黛妝除了使眼部亮麗有神之外，也可以保護女性的眼睛，防止紫外線侵害。）

「親愛的，妳能回來真是太棒了，」有位年長的女士，也是她家族的朋友這樣對她說：「我們好愛妳所有的點子，還有妳的能量。」

「我們達蘭薩拉一直都需要像妳這樣的人耶，」這是瑟琳娜在此地求學時的一位同班同學說的：「最有才能的人好像都會離開這裡，所以他們如果回來，都會被我們當做寶貝呢，超出妳能想像的寶貝噢。」

當晚，有幾回我看見她的嘴唇因情緒激動而顫抖著，還拿起手帕按壓眼角。在「喜馬拉雅．書．咖啡」，某些特別的事情發生了，某種超乎「咖哩之夜」的事情，無論晚宴有多豪華也被超越了……而這件事情是更具有個人意義的噢。

要再過幾個晚上，進一步的線索才會出現。

過去幾個星期之中，瑟琳娜與山姆之間逐漸發展出一種有趣的工作夥伴關係。瑟琳娜的活潑外向恰好彌補了山姆的害羞內向。她所居住的世界裡，那些美酒佳餚，以及她注重當下的態度，都可以平衡他大腦裡的理性樂園。然而她只不過是個代理人，幾個月後就會返回歐洲，這點讓他們在一起的時光增添了些許又甜又苦的無常氣息。

他們已經習慣在書店區的一個特別角落，一起結束每個咖啡館有供應晚餐的夜晚。咖啡桌兩旁各設有一張沙發，從這裡可以清楚看到餐廳最後幾名食客，也可以讓他倆談談心裡頭的事情。

侍者領班庫沙里無需吩咐便會送來他們的點心。他們坐下來不久後，他便會捧著托盤到來，上面會有兩杯比利時熱巧克力，瑟琳娜的那杯加的是棉花糖，另一杯加了義大利咖啡脆餅則是給山姆的。托盤上還會有個小碟子裝著四塊狗餅乾，如果我仍在咖啡館內的話，還會有小馬克杯裝的無乳糖牛奶。

這張咖啡桌上杯盤間清脆的碰撞聲是馬塞爾和凱凱的出場信號。他們已經乖乖待在櫃臺下方的籃子裡整整一個晚上了。這兩隻狗會從籃子裡爭相爬出，速速穿過用餐區，跳上臺階，不一會兒便坐在咖啡桌旁，帶著懇求的眼神仰起頭。他們熱情的模樣總是能讓兩位人類夥伴的臉上浮現笑容，瑟琳娜和山姆會看著狗兒吞食餅乾然後在地板上嗅舔著餅乾碎屑的模樣。

我出場的風格就比較偏休閒風。我會先伸展全身，好好地抖個幾下，然後才從雜誌架頂層一躍而下，漫步過去加入他們。

狗兒們吃完餅乾後會跳到沙發上，在山姆的兩旁各自仰躺下來，一副迫切要人揉肚子的模樣。我喜愛的地方則是瑟琳娜的膝蓋，也不管她那晚穿的是什麼衣服，我就是磨蹭她，同時給她我滿懷感激的呼嚕嚕。

「已經有一長串訂單等著我們下次的『咖哩之夜』了。」在那個特別的夜晚，我們五個都坐定後，瑟琳娜對著山姆說道。

「好棒啊！」他說，然後邊啜著他的熱巧克力邊沉思：「妳……妳有決定好什麼時候告訴法郎了嗎？」

瑟琳娜根本沒打算這樣做。法郎還在舊金山，他一點兒都不知道關於上週三「咖哩之夜」的實驗。瑟琳娜一直相信，有時候請求原諒要比徵求允許好得多。

「我是想說等到他拿到這個月的財務報告時，再讓他高高興興地嚇一跳。」她說。

「讓他嚇一跳也是好的，」山姆同意道：「自從咖啡館重新開張，這是單一一個晚上最好的營業額了。再說自那晚之後，所有事情好像也被急速充電過似的，整個咖啡館都變得更有生氣了。這真的非常振奮人心。」

「我也是這樣想的，」瑟琳娜說：「但是我不知道是不是只有我這樣想。」

「不是的，這地方整個都變了……」山姆堅定地說。他瞅著她的眼睛整整有兩秒鐘之久，然後才中斷凝視，「妳也變了。」

「噢？」她微笑著問：「這怎麼說？」

「妳表現出的這種……活力。這種……活……活著的喜……喜悅（joie de vivre）。」

瑟琳娜點點頭：「我也覺得不一樣了。我一直在想，過去好幾年經營幾家歐洲最頂級餐廳時的感覺，我覺得好像都不曾像上週三晚上那麼快樂過。我以前絕不會相信經營餐廳可以這麼美好，這麼讓人心滿意足。」

山姆稍微想了一會兒，然後評論：「就好像前幾天那位心理學家所說的，有時候就是很難能想得到……是什麼東西讓我們快樂？」

「的確是。我已經開始懷疑，去倫敦一家頂級餐廳當主廚是否真的是我下一步想要做的事情了。」

當她這樣說時，我注視著山姆並觀察著他面部表情的變化，他的雙眼閃耀著光彩。

「如果我回去做同樣的事情，」瑟琳娜繼續說：「很可能會帶來相同的結果。」

「壓力更大，更加過勞？」

她點點頭：「當然，也會有回報啦。只是那種回報和這裡的回報非常不同。」

「妳覺得造成這種不同的原因是……妳在這裡是為家人和朋友烹飪嗎？」山姆提點著。接著，他眼中閃過一絲頑皮的神色續道：「又或者是因為內在的酸辣咖哩魂大覺醒了呢？」

瑟琳娜輕輕笑著：「兩者都有吧。我一直都很愛咖哩。即使咖哩從來都不是什麼高級料理，但是我很愛煮咖哩，因為有多重風味，也非常滋補營養。還有就是，我覺得像上周三那樣，大家也都覺得真的好特別吧。」

「我同意，」山姆說：「那天的氣氛真的很棒……」

「能夠做自己真的很想做的事情時，感覺真的很充實，而且別人也會表示欣賞。」

山姆似乎又陷入沉思，他放下馬克杯，從沙發上站起身來，走向書架。他轉身走回來時手中拿著一本平裝書，奧地利心理學家，也是猶太人大屠殺的倖存者……維克多・弗蘭克（Viktor Frankl）所寫的《活出意義來》（光啟文化出版，《Man's Search for Meaning》）。

「妳方才所說的話讓我想起一件事情，」他邊說邊翻開書頁找到序言的部分：「不要以成功為目標……」他讀道：

「你愈是以成功為目標，愈是要瞄準成功，就愈可能會失去它。因為成功就如同快樂，它們不是讓人追著跑的；成功必須追著人跑……成功是個人奉獻給一個『大於自己』的道路之後，在無意中所產生的副作用。」

瑟琳娜點點頭：「我想那正是我現在所發現的事，雖然說我是以非常小規模的方式發生的。」他們看著彼此的眼睛好一會兒，「而且，是以一種最最奇怪的方式發生。」

山姆好奇起來：「妳的意思是？」

「噢，整個印度咖哩之夜的想法源自於我和庫沙里一次偶然的對話，而之所以有那場對話，是因為我發現小小仁波切在高牆上進退不得。」

山姆知道那個下午我被困在高牆上的事。至於我是怎麼出現在那裡的，也有很多猜測，只是沒有一個說對。

「你可以說，所有這一切的發生都是因為仁波切。」她說道，一邊輕撫著我，一邊憐愛地注視著我。

「仁波切，催生者啊！」山姆做了評論。

他們倆呵呵笑著的時候，我不禁想到，其實根本沒有人能夠猜想得到，我自己當然更不用說了……這一連串的連鎖反應，是我在某個周一下午要離開咖啡館時「決定左轉而非右轉」所啟動的。我們也沒有人會相信接下來即將發生的一切，因為到目前為止所發生的，都只是一個更大的故事結構的開始——

在這開展中的故事中，快樂的許多面向將會逐步浮現，而且都是……「副作用」，在意料之外，也是深具價值的回報。

無法預料？那肯定是！

啟發人心？毋庸置疑！

第二章

那……不是「我想要」的生命，不是「如果能不一樣就好」的生命，也不是「如果我能那樣做就好」的生命。

來訪嘉賓：美國電影明星兼前加州州長
下犬瑜伽教室，陸鐸老師

快樂不在舊夢裡嗎？

世界上所有問題當中，上面這個問題最重要了；而且，這個問題讓大家都一律平等了。因為，無論你是愛玩的小貓，或是久臥不動的老貓，無論你是居陋巷的瘦男，或是豪宅區時髦光鮮的辣妹，無論你處在哪種情況，不就只是想要快快樂樂的而已嘛！那種快樂，不是鮪魚片罐頭這種稍縱即逝的快樂，而是經久不變的快樂……是會讓你打從心底呼嚕嚕起來的那種由衷的快樂。

「咖哩之夜」結束後才幾天，關於快樂，我就有了另一番有趣的發現。某個美麗的喜馬拉雅山區上午才過了一半……天空很藍，松樹很香，鳥鳴如笛，令人神清氣爽，但我突然聽到從臥房裡傳出不熟悉的聲響，於是便跳下窗臺，跑去檢查。

原來是邱俠趁著達賴喇嘛不在，正在督導春季大掃除。這位我第二喜歡的比丘正站在房間中央，監看著站在樓梯上的工人解下窗簾布，同時另一個工人則站在椅子上擦拭吊燈。

每次尊者出外旅行時，我和邱俠的關係就會發生微妙的變化。早晨來上班時，只為了見我一面，他會先穿過前院來到達賴喇嘛的居所。他會花個幾分鐘時間，用為我特製的梳子把我的毛外衣梳順，同時也會告訴我當天的行程。在我一夜獨眠之後，他為了使我安心而這樣做，我很感激。

同樣地，到了晚上要離開辦公室時，他會跑來確認我的餅乾碗裡是滿的，我的飲水杯也裝夠了，然後還會花點時間摸摸我，提醒我大家都深愛著我，不僅尊者愛我，在這個大家庭裡的每個人都好愛我。我知道邱俠是想要在達賴喇嘛不在家時填補他的位置，他仁慈的心意讓我對他倍感親密。

然而，那天早上，他在我們的臥房中所做的事情著實讓我嚇壞了。他的一個手下正在收拾要洗的東西，而他竟然就指向某個椅子下方、地板上的、我的米色羊毛毯。

「那個，」他說道：「已經好幾個月沒洗了。」

對，沒洗……那是我故意的！就算這條毛毯與尊者有什麼關係，也絕不可以洗。

我發出悲哀的喵聲。

邱俠轉過身來看見我坐在門上，眼裡是懇求的神色。儘管邱俠內心溫暖，但是一談到貓，他的領悟力還是太弱，不像達賴喇嘛會精準知道我為什麼不高興，邱俠還誤以為我喵喵叫只是因為很籠統的難過而已。

他走過來伸出雙手，將我環抱到他的胸口，然後開始撫摸我。

「尊者貓，別擔心了……」他鼓勵著我，還用了我的正式稱號，尊者之貓的縮寫HHC，而且就在清潔人員偷抓起毯子，正要往洗衣房的方向揚長而去的那個節骨眼上：「到妳下次想起來之前，每樣東西都會拿回來的，而且是乾乾淨淨的噢。」

難道他還不懂「乾乾淨淨」正是問題點嗎？我掙扎著要跳出他的懷抱，甚至還伸長了爪子讓他知道我是認真的。過了一會兒，弄得他很不舒服後，他才把我放了下來。

「貓啊……」他嘆道，他搖搖頭不解地微笑著，那神色好像是在說我不知好歹，蔑視他的關懷。

我回到窗臺上，尾巴沮喪地垂掛下來。我感覺到天空亮得好刺眼，外面的鳥叫嘎嘎聒噪，而松樹的氣味也變得跟衛廁清潔劑一樣嗆鼻。邱俠怎會看不到自己做了什麼好事？他怎能不知道，他下令叫人清除的是我和我最可愛的小貝比之間最後殘存的連結？那是我最心愛的小小雪獅啊！

四個月前，由於和某粗獷英俊的虎斑貓過從甚密，雖然因為他出身低微，我們終究不適合彼此……但我生下了一窩很好看的小貓仔。頭三個來報到的長得就像他們的父親，是黝黑強健的男子漢。事實上，這一點也正是普遍引發驚奇之處，如此精力充沛的虎斑貓複製品，而且很快就出現鯖魚斑紋，竟然是從我這嬌弱精緻、雖毛絨絨卻很討喜的身體裡產出的。不過，作為第四隻的老么，在每一方面她就是個像母親的孩子。那天清晨，她是最後一個成功來到尊者床鋪那條氂牛毯子上的，她一出生時好瘦弱，一支大湯匙便足以將她盛起。剛開始我們都很擔心她能否存活，直到今日我仍相信真是多虧了達賴喇嘛，她才能存活下來。

藏傳佛教認為尊者是大慈大悲觀世音（Chenrezig）的示現。雖然我一直生活在他慈悲的懷抱裡，但在我們最需要幫助的時刻，我才真正感受到這份慈悲竟是如此有力量。當我的小貝比……小小的、粉紅的、微皺的、只有幾縷白毛的小不點兒，在為自我生命奮鬥之時，尊者俯瞰著我們，低聲輕吟曼陀（咒語，Mantra）。他把注意力完全聚焦在我們身上，直到小不點兒從出生過程中回復過來，那時真覺得不會有不好的事情降臨到我們頭上的。我們全都沐浴在諸佛的愛與祝福之中。在她終於用自己的方式找到了奶頭並開始吸吮之後，我們就像是剛剛脫離了一場暴風雨……感謝尊者的保護，一切都會安好。

小貓仔們誕生的前幾個星期，隨著我懷孕的消息傳了開來，尊者辦公室已接獲許許多多請求說要領養小貓仔，近的有尊勝寺院子裡的比丘們，也有印度及喜馬拉雅山區的朋友和粉絲們，較遠的還有馬德里、洛杉磯，甚至是雪梨的人們。如果我真能生出足夠的小貓，那麼我的後代子孫將遍及全球五大洲了。

我的小貝比們前幾週都很嬌弱，也很依賴我。一個月後，我那三個調皮搗蛋的兒子們已經可以嘗試吃罐頭貓食了，但我仍得為小女兒授乳，她還是比哥哥們瘦小得多。到了八週後，我就管不住兒子們了。他們會自己竄上窗簾，在尊者的幾個房間裡狂奔，還會突然衝過去攻擊不知情的路人，咬人家的腳踝。

通常在貴賓到達之前，就必須趕緊把小貓咪從尊者寓所裡掃出來。邱俠雖說是極其聰敏的，卻不是人類當中那種……手眼協調的人。他追著我那些個神出鬼沒的兒子們時，常常會被自己的長袍絆倒，然後徒手跪在地上到處摸找。丹增，他年紀長些，個子高些，也比較老成世故，他會先行禮如儀地脫去夾克，然後採用策略性的方法，聲東擊西地把他們從藏身處趕出來，然後又出其不意，一把抓住他們。

某位特別的貴賓來訪後是個轉捩點。身為尊者之貓，一說到有名人來訪，我自然知道凡事要謹慎小心。「守口如瓶」這點我早已是眾人楷模。如此聲名顯赫的貴賓，從我的口中斷斷不可能吐出他名字中任何一字的。這樣說吧，這位特別的貴賓，他的大名可說是家喻戶曉。他曾是電影明星，更早之前是奧地利出生的健身運動員，後來不只成為好萊塢最炙手可熱的巨星，還當上了加州州長。

就這麼多，這就是我打算說的那麼多。要是再多說一句，可就要洩露祕密了。

他乘坐一輛閃亮的休旅車前來的那天下午，關於早已成為例行公事的「貓咪安檢」，邱俠和丹增已經執行完畢，已把那三隻虎斑貓全趕進助理辦公室了，或者說……他們以為貓咪全都在助理辦公室了。

若你願意，請將下列場景在心中具象化。舉世聞名的貴賓到了，他英俊挺拔，魅力無法擋，而且個頭遠比達賴喇嘛高大。根據西藏傳統，謁見高階喇嘛時，貴賓要鞠躬並呈上一條白巾（khata）給尊者，接著尊者會把白巾圍在貴賓的脖子上。一切都在寧靜祥和中，眾人面帶微笑進行著，通常只要有達賴喇嘛在場就會是那樣的狀態。接著，貴賓站到尊者身邊打算拍個正式合照。

就在攝影師按下快門之前的千分之一秒，我那三個兒子所發動的應該可說是「正面攻擊」無誤。有兩隻從扶手椅後方突然奔出並直接竄上貴賓的大腿，第三隻則是用爪子和牙齒咬住貴賓的左腳踝。

貴賓因為又驚又痛，彎下腰來。攝影師則惶恐得放聲尖叫。有那麼一會兒眾人目瞪口呆，時間似乎停止流動。然後兩隻小貓跳下貴賓的大腿，第三隻則一溜煙飛快地跑了，一點都沒有「拜拜了，寶貝」（Hasta la vista, baby.）那種從容的味道。

（譯註：Hasta la vista, baby. 西班牙語，是阿諾史瓦辛格在《魔鬼終結者II》中的著名台詞，意思是「終於不用再看到你了」。阿諾在此片中說完這句話才開槍，但這三隻小貓卻是打完就跑。）

尊者似乎是唯一一位沒有因為貓咪安檢漏洞而受驚嚇的，他頻頻道歉。但貴賓恢復平靜後，似乎覺得這件事相當有趣。

我想我永遠也忘不了接下來所看到的景象，達賴喇嘛轉身指出壞蛋貓咪所在的方向，而我們這位聞名全球的動作片巨星則趴在地上，想要把這群小流氓從他們藏身的沙發下撈出來。

是的，過不了多久，大家都贊同必須替公貓們找到適當的人家收養。然而，最小的那隻需要嗎？她纖弱又溫順，簡直就是她出身喜馬拉雅品種的母親的微型縮影。我認為每個人的內心深處都不願去想像有一天她也會離去。眼下，她很安全。

就像許多貓族同胞一樣，我也有很多名字。在「喜馬拉雅．書．咖啡」，我的名號是「仁波切」。在大昭寺的正式場合，在尊者達賴喇嘛（HHDL, His Holiness the Dalai Lama）的地方，我也有個官方的名號「尊者貓」（HHC, His Holiness's Cat）。很快地，我的小女兒也有了名號，她被授與了「尊者小貓」的封號（HHK, His Holiness's Kitten）。對我而言，這個封號最重要的地方在於這是尊者本人親自給予的。我的兒子們離開後一兩天，他高高舉起我的小貝比，凝視著她的雙眼，他的神情充滿純粹的愛，足以讓你的整個存在都發出光輝。

「好漂亮啊，好像媽媽呀！」他低語道，用食指撫著她的小臉蛋兒：「是不是呀，小小雪獅？」

接下來的幾個禮拜只有我們三個在一起：尊者、他的小雪獅我、我的女兒小小雪獅。我每日清晨早起後，會在尊者冥想的腳邊蜷縮成一團，小小雪獅也跟著我起床，緊貼我溫暖的身子挨著。我走出去到助理辦公室時，她也會跟著去。她會一直喵喵叫讓人將她抱起，放到辦公桌上，在那兒她就愛推著他們的筆玩，等推到了辦公桌的邊上，再快活地一把將筆打落到地上。

坐在邱俠對面的丹增是個綠茶迷，有一次他離開辦公桌一會兒，桌上還留有他的綠茶茶杯。結果，他一回來就發現尊者小貓正怯生生地舔著杯裡的綠茶。他愈走愈近，她還是不停地舔，甚至他都坐回到椅子上了，手肘都擱到辦公桌上了，最後還密切地盯著她看了，她還是舔個不停。

「尊者小貓，我想我是沒有機會再喝上一口了，是嗎？」他乾巴巴地問道。

尊者小貓抬起頭來看著他，臉上滿是大開眼界般的驚奇神色。大昭寺裡的一切不正是專為她取樂而設的嗎？

然後，有一天，尊者的翻譯官洛桑提醒他曾經答應別人的一件事：「尊者，不丹王后讓我傳達給您她溫暖的問候……」他對達賴喇嘛如此說道，那是他們共同完成一份文字書稿工作之後的下午時分。

尊者微笑著：「非常好。我很喜歡她來訪。也請你為她送上我最好的祝福。」

洛桑點點頭：「她也問起了尊者貓。」

「噢，對呀。我還記得小雪獅坐在她的膝上。相當不尋常哩。」他轉頭過來看著我們，我和小小雪獅正蜷曲臥在窗臺上的米色羊毛毯裡，那是小貓仔們出生後，他為我們鋪上的。

「尊者，或許您還記得她曾請求，倘若尊者貓生小貓的話，她要領養一隻的事情……」洛桑進一步試探道。

達賴喇嘛停了一會兒，然後才看向洛桑的眼睛：「對。我想她是希望有一隻小貓咪，有好的……那個，那叫什麼的？」

「血統？」洛桑提示著。

尊者點了點頭：「我們一直無法追溯尊者貓的來歷。德里那戶養著她母親的人家已經搬走了。至於她這些小貓咪的父親……」他二人相視一笑。

「但是，」尊者繼續輕輕說道，他跟著洛桑的眼光，注視著我身旁那小小的身軀：「小小雪獅的確長得非常像媽媽。而且，本來就應該信守承諾的。」

就這樣，不到一個星期，小小雪獅就離開了，是洛桑休假回不丹時，親自送她去的。對我而言，知道她去了一個我所能想像得到的富貴人家，縱使有滿足感，也遠遠不足以撫平她離我而去的悲傷，要面對再度獨坐窗臺的現實的那種悲傷。

尊者一向慈悲為懷，他把米色毯子挪到臥房內某一把椅子下方，這樣一來，我每次跳上窗臺才不會睹物思女。然而，我還是會自己跑到椅子下方，蜷縮在毛毯裡，吸聞著小小雪獅與她哥哥們的味道，看看他們遺留下來的幾絲幼毛……那些極為細嫩，閃著些許棕色光澤的白毛。

有幾個清晨，我沒有坐在尊者身旁冥想，反而走向那張羊毛毯，在那兒安坐，沉浸在對過去的思念之中。白天時也有幾次，當我找不到可以吸引我的有趣事物時，我便會回到毛毯上……我的回憶裡……那些有苦有樂的過去。

此時此刻，隨著春季大掃除全面執行，我的這條毛毯也被拿走了。

我們的寓所經過邱俠的春季大掃除之後才一兩天，我便決定要在瑟琳娜離開「喜馬拉雅·書·咖啡」後跟著她。她每天都重複著相同模式。下午五點半，她會走進經理辦公室……廚房隔壁的小房間裡，消失了十分鐘後再次出現時，換成一身的瑜伽裝扮，自由貿易的有機棉所製成的全黑瑜伽服，並且把頭髮全部往後梳成一支馬尾。她不走咖啡館前門，反倒從廚房後門溜走，沿著咖啡館後面的巷子，走上那條我再熟悉不過的蜿蜒街道。

偶爾瑟琳娜談到瑜伽課時，語氣很虔誠，透露出瑜伽對她意義重大；她每天晚間要去上瑜伽課這件事是沒得商量的。自從回到印度，她便學著讓自己生命的每個方面更加平衡。這樣做的時候，她也踏上了自我發現的旅程，這裡面涵蓋的不只是舉辦「咖哩之夜」，還有一些更大的問題，譬如說她這一生要做什麼事啦，以及要在哪裡做這些事啦。

因為我有天生的貓族好奇心，更不用說現在因為尊者不在家，我晚上的時間都是自由的，我好納悶瑜伽到底是什麼，怎麼效果會這麼強大？瑜伽不就只是人類給的一種說法而已嘛，不就是人類拚命要做到的一些身體不同部位的扭曲，但其實怎麼做都大大不如我們貓族隨意做做的那回事嗎？

要在瑟琳娜走向山頂時跟上她的腳步，這一點，對一隻腿力不甚牢靠的貓而言真是不簡單。但是我在體力上有所不足的，我便用決心來補足。過了一會兒，她走近了某個不起眼的小屋，屋簷下纏繞著西藏加持的經幡；我也隨她進去了。

前門半開著，再往裡走有個小玄關，那兒有個大鞋架，大多是空著的。鞋子的皮革味、汗水味，混搭檀香緬梔（Nag Champa）線香的醉人芬芳。

玄關與瑜伽教室之間僅以一道珠簾相隔。珠簾上方有個牌子寫明其名稱：下犬瑜伽學校（The Downward Dog School of Yoga），字跡模糊。我以身軀推開珠簾再往裡去，發現教室內的空間很大。遠遠的那一頭有位男士正在練我後來才學到的站姿「戰士式二」（Warrior II Pose, Virabhadrasana II）。他的雙臂舉至肩膀高度，往兩旁張開延伸，透過落地窗可見到喜馬拉雅山的全景風光，正映襯出他英姿煥發的剪影。冰封的山頂映出夕照，落日以金色皇冠為山峰加冕。

「我們好像有客人呢……」正在做戰士式的男人說道，他聲音圓潤帶著些許德國腔。他的白髮推剪到貼近頭皮，雖然是有年紀的人，但是全身筋骨柔軟。他的臉曬成古銅色，而且看不出實際年齡，他的瞳孔是充滿活力的藍色。我才覺得奇怪哩，他怎麼知道我進到教室了？後來我看到教室裡有一整面牆都是鏡子，這才明瞭他早就瞧見我穿過珠簾而入了。

瑟琳娜那時在陽臺上，她轉過身來看見了我，「噢，仁波切，妳跟蹤我呦！」她一邊向我走來，一邊告訴做戰士式的那個男人說：「這個小不點兒每天都在我咖啡館裡待很久。我猜……你不讓貓咪進教室的，對吧？」

他沒有馬上回答。「……通常不許。但是，我有一種感覺，妳這位朋友相當特別。」

我並不十分清楚他為什麼會有這種感覺，但是我很高興地把這句話當做允許，就待下來了。

我環顧四周，注意到牆上掛著的小相框裡有張狗的黑白照片。那是一頭和凱凱同樣品種的拉薩犬。拉薩犬很受藏人喜愛，傳統上用來做寺院的守衛、提醒僧侶防範外人入侵。難道這頭特別的拉薩犬就是「下犬瑜伽學校」名稱的由來？

其他人陸續來上課。學生大多是外籍人士，印度人很少，男女都有，年齡層似乎都在三十歲以上。他們都懷著某種覺知，都有一種神祕的氣質。他們攤開瑜伽墊，放好長抱枕、毛毯，接著就仰躺下來，把雙腿綁好，閉上雙眼，好像在模仿我以前在菜市場看過的一排排紮得緊緊的雞隻。

過了一會，人稱「陸鐸」（Ludo）的瑜伽老師站到前方，對著這群二十多名的學生說話。他的聲音輕柔卻很清晰：「瑜伽是知識（Vidya）……」

他說：「**知識的梵文是 Vidya，意思是『與生命的原義同在』，不是『我想要』的生命，不是『如果能不一樣就好』的生命，也不是『如果我能那樣做就好』的生命。**」

「所以，我們要怎麼開始練瑜伽？方法是：拋開大腦，進入當下。**唯一一個真實存在的時刻便是此時、此地。**」

穿過教室敞開的大門，傳來了傍晚雨燕高飛、俯衝時的尖銳叫聲。山腳下偶爾也傳來印度樂曲的和弦，還有家家戶戶鍋碗瓢盆的碰撞聲，準備晚餐的飯菜香味也聞得到。

「我們與此時此地同在的話，」陸鐸繼續說道：「便能看到在每一個綻放的當下，一切都是完整的，一切都是互有關聯的。但是，要直到我們能放下思慮，單純放鬆，直到我們能承認只因其他一切都依其原義而存在……所以我們來到當下、此時、此地。這樣，我們才能夠直接體驗到這一切。」

「以開放的覺知放鬆，」陸鐸告訴學生們：「讓生命合一，便是瑜伽。」

陸鐸接著帶領全班做了一系列的體位法（姿勢，asana），有站姿、坐姿，有些是動態的，有些是休息的。

我理解到瑜伽不只是訓練身體的柔軟度；瑜伽超越身體。除了教導如何彎曲、如何伸展之外，陸鐸也給予智慧的寶石，指出了更高的目的：「除非我們也練習控制心念，否則我們無法練習控制身體。我們在身體的練習上若遇到阻塞之處……困難，我們就能了解到生理是心理的鏡影。心念和身體都可能會因為慣性而卡住，並導致不適、壓力，和緊繃。」

有個男人提問說他因為腿筋太緊，而無法彎下腰來，手掌也碰不到地板，陸鐸說：「對，說到腿筋，對一些人來說，腿筋是個挑戰。但是，對其他人而言，有的就是能夠打開腿筋，而且能夠舒適地兩腿盤坐起來。生命中的不滿會以許多不同的形式展現，這些不滿到底會如何展現，則是因人而異的。但是瑜伽給我們空間，讓我們可以得到自由。」

他一邊在成排的學生之間行走，微調他們的姿勢，一邊說：「不要再繞圈子，不要再深化身體與心念上潛意識的老習慣，要運用你的覺知。不要企圖避開緊繃而把正確的體位打了折扣；相反地，要邊做邊呼吸！不要用蠻力，要用智慧。用你的呼吸來打開。一個呼吸接著另一個呼吸，就可能造成細微的改變。每一個呼吸都邁向轉化。」

我在教室後面的凳子上興致勃勃地跟著上課，真開心一直都沒被發現。然而，當陸鐸指示學生進入某個坐姿扭轉時，突然間二十幾顆頭顱全轉過來看向我，隨即有好多人面露笑容，甚至還有些人輕笑出聲。

「喔，對了……這位是今天的特別來賓。」陸鐸說。

「瞧那一身白毛！」有人驚叫道。

「還有藍眼睛……」另一個呼應道。

當時這二十多雙眼睛都瞄準在我身上，有人說：「她一定是個斯瓦米（Swami，學者、聖賢）。」

這樣一說引發了大笑，因為人們想起了一位當地的聖人，他的照片就印在鎮上到處都有的海報上。

當這個扭轉姿勢結束時，我鬆了好大一口氣；但旋即發現我又被緊盯著瞧，原來大家還要做另一邊的扭轉啊。

課程快結束時，他們都以「攤屍式」（Shavasana）體位仰臥在墊子上，陸鐸告訴學生們說：「這個體位法在許多方面可說是最具挑戰性的。要有平靜的身體，平靜的心念。**試著不要隨念頭起舞。只要承認念頭的存在，接受它，放下它。**在『念頭與念頭之間的空檔』讓我們可以發現比『專注在概念上的闡述』更多更多的東西。在靜止當中，我們發現了：要認識事物，除了靠智力之外，還有其它的方法可行。」

下課後，學生們都在收拾毛毯、瑜伽磚、長抱枕，其中幾位走過來和我說話。雖然說有些人接著便到玄關那兒穿鞋準備離開，但是大部份都聚集到拉門外的大露臺上。鋪滿了露臺的印度風地毯有些褪色，各種椅子上則搭配著色彩鮮豔的靠墊，另外還排放了幾個豆袋椅。桌子上堆放著馬克杯、玻璃杯，有人正在倒熱水泡綠茶，學生們紛紛加入這場顯然很舒適的課後例行活動。

我們貓族並不喜歡太吵雜動亂的情況，所以我就一直等到他們全都就座後，才默默地從凳子上溜下來走向露臺，並在瑟琳娜身旁待著。夕陽的餘光已將山峰染上耀眼的珊瑚紅。

「在我們練習瑜伽時遇到不適，要保持呼吸是一回事……」有個名叫瑪麗莉的女人，她用粗啞的聲音說道。她在瑜伽課快結束時才來，似乎只是要參加課後的社交聚會而已。是我眼花嗎？還是她的確偷偷從扁酒瓶裡倒出一點什麼到玻璃杯裡？「但沒有在練瑜伽時怎麼辦？我們必須處理問題時怎麼辦？」她問道。

「一切皆瑜伽，」陸鐸告訴她：「通常我們都是以習慣的方式回應問題，要不就生氣，要不就逃避。藉著在處理問題時有意識地呼吸，我們給出的回應會更有效益。」

「有時候，憤怒或逃避不也是有效的回應嗎？」艾文問道，他是位年長的美國人，也是麥羅甘吉的長期居民。他偶而會來「喜馬拉雅．書．咖啡」，有傳言說他在老家發生過很慘的事，這才跑到印度來。他在新德里的格蘭德大飯店大廳彈鋼琴好幾年了。

「反應（reaction）是自動的、慣性的，」陸鐸說：「回應（response）則是深思熟慮過的。兩者並不相同。重要的是**要創造空間，打開我們自己，迎向超越習慣的其他可能，因為舊習慣很少帶給我們好結果**。憤怒絕不是覺醒的人會做的回應。我們可能會生氣……譬如說，對一個快碰到火的小孩，用一種假裝生氣的語調說話。但是，這和真正的憤怒大不相同。」

「問題在於，」坐在瑟琳娜旁邊一位高個子的印度男人說道：「我們會卡在舒適圈，而且就算不是很舒適還是會卡在那裡。」

「緊緊抓住熟悉的事物，」瑟琳娜同意道：「抓住那些曾經給予我們快樂、如今卻不能再讓我們快樂的事物。」

瑟琳娜這樣說的時候，我嚇了一跳，抬起頭來看著她。我想到的是臥房裡那條米色羊毛毯子，還有在那毯子上，那許多我和小小雪獅共度快樂時光的回憶，如今卻憑添惆悵。

「印度佛教學者寂天（Shantideva）論師曾說過『在刀尖上舔蜜』，」陸鐸說：「無論那滋味有多甜美，我們得付的代價太高了。」

「我們要怎麼知道，」瑟琳娜問道：「過去一直正面積極的習慣什麼時候已失去效用？」

陸鐸朝著她看過來，那雙眼睛好清澈，似乎泛著銀色光輝：「就是在我們受苦的時候啊……」他簡單回答道，**「受苦（suffer）一詞出自拉丁文，原義是『攜帶』。痛苦（pain）有時是難以避免的，受苦則不然。譬如說，我們和某人有段非常幸福的關係，後來失去了對方，這樣當然會覺得痛苦：這是很自然的。然而，我們若繼續攜帶著這份痛苦，總是感覺一無所有，那就是『受苦』了。」**

每個人都在咀嚼這番話，一片靜默。暮色漸濃，遠山朦朧，靜坐的山影表面覆蓋上一層瑩彩粉紅，好似春喜太太做的杯子蛋糕上面甜滋滋的糖霜。

「有時候我覺得要回到過去找快樂是件危險的事情……」坐在瑟琳娜身旁的印度男

人如此說道。

「席德，你說的沒錯，」陸鐸同意道：「我們能夠體驗快樂的唯一時候就在當下，此時此地。」

後來，學生們開始散去。瑟琳娜和幾位同學一起走，我也跟著她走到了玄關。

「我看小斯瓦米總是跟著妳。」其中一位女士邊說道，邊迅速套上鞋子。

「是啊。我們很熟哩。她都來我們咖啡館待很久。現在，我要送她回去了。」瑟琳娜說著，把我撈起來。

「她的真名是什麼呢？」另一位女士問道。

「噢，她是一隻擁有許多名字的貓。無論她去到哪裡，似乎都會得到一個名字。」

「那麼，今天也不例外囉。」席德說道。他從玄關的花瓶裡拿下一支雛菊，把它弄成花環的模樣圍在我的脖子上。「小斯瓦米啊，我向妳頂拜。」他說道，並將他修剪整潔的光滑雙手合十在胸口。我注視著他的眼睛，看到了滿眼的溫柔。

接著，他為瑟琳娜打開大門，我們一起走下山。

「我們真是幸運，有這麼棒的老師……」瑟琳娜說。

「是的，」席德同意道：「陸鐸維格（Ludvig），陸鐸，非常優秀。」

「我媽說打從我出生，他就已經在麥羅甘吉這兒了。」

席德點了點頭：「是從六〇年代早期開始的。他是應奧地利運動家、作家，海因里希・哈勒（Heinrich Harrer）的召喚而來的。」

「是寫《西藏七年》（Of Seven Years in Tibet）很有名的那位？」瑟琳娜問道：「他也是達賴喇嘛的導師？」

「沒錯。陸鐸來到麥羅甘吉後，海因里希很快便安排把他介紹給達賴喇嘛。據說他和尊者是好朋友。事實上，正是尊者本人鼓勵陸鐸開設瑜伽教室的。」

「這我不知道呢……」瑟琳娜說道。她望著席德，突然醒悟到，他所知道的當地大小事有多少啊！過了一會兒，她決定要進一步測試一番，「有個人走在我們後面，穿深色夾克，戴毛料無邊帽那位，」她壓低聲音說：「有人說他是喜馬偕爾邦（Himachal Pradesh）的瑪哈拉吉（大君，Maharaja），這是真的嗎？」

他們繼續往山下走了一會兒，席德才謹慎地稍稍轉頭察看一下後方，「這和我聽說的一模一樣……」他說道。

「我常常在這附近看到他。」瑟琳娜說道。

「我也是，」席德說：「也許他常在這個時間散步？」

「有可能。」瑟琳娜小心答道。

第二天，我沿著行政助理辦公室這邊的走廊輕輕漫步時，洛桑對著我大聲喊道：「尊者貓！我的小寶貝，快來！這裡有妳想要看的東西噢。」

當然，我忽略掉他。我們貓族可不習慣聽命於人類所做的請求、懇求，或是卑微的哀求。這樣做有什麼好的？當我們終於真的丟給你一根骨頭時，你會更加更加地感恩啊……還望讀者自行刪除以上這個特定隱喻中那一絲與狗相關的訊息。

然而，洛桑可不會罷休的。才一會兒功夫，我便被抓起來，帶到他的辦公室，放在他的辦公桌上。

「我正在和不丹通網路電話（Skype），」他告訴我：「然後，我偶然間看到妳會很想見到的……」

他的電腦螢幕顯示出一個裝潢奢華的房間，盡頭處有一個窗臺寶座，上頭有隻喜馬拉雅貓仰臥著，正在日光下曬肚皮。她的頭微微後傾，雙目輕闔，那個四條腿加上濃密的尾巴大開的體位法，我想陸鐸可能會名之為「海星式」吧。對貓咪而言，這是所有貓族體位法當中，最不加防備、最有信任感、最心滿意足的一個。

過了好一會兒之後我才領悟到……會是她嗎？是的，真的是她！可是，她都長這麼大啦！

「她的正式職稱是HRHC，」洛桑告訴我說：「王后陛下的貓（Her Royal Highness's Cat）。所以比尊者貓還多一個字母喔。而且他們告訴我，她在皇宮裡受寵愛的程度就如同妳在尊勝寺一樣。」

我盯著在陽光下打著盹兒的小小雪獅，她的肚子上下起伏著，我想起早幾天前邱俠拿走臥房內那張米色羊毛毯，剝奪了我對我的小寶貝最柔情的回憶，那時我過得有多悲慘啊。

或者說，我那時候「覺得」自己過得有多悲慘啊。

從那時開始，我便學到了我的不快樂「並非邱俠給的，而是我自己無意中造成的」。我在自己緬懷過去的回憶裡糾纏翻滾，花了這麼多時間追憶一段已經物換星移的關係，這樣子就是「攜帶」不必要的「痛苦」（pain），而在「受苦」（suffer）了。

同時，小小雪獅已開展她嶄新的生命，成為不丹王后所鍾愛的宮廷御貓。哪一個母親還能要求更多？

我轉過身，向坐在辦公桌前的洛桑更靠近一步，並彎下身來用我的臉磨蹭著他的手指頭。

「尊者貓！」他大叫道：「妳從來沒這樣做過哩！」

他抓撓我的脖子作為回報，我閉上雙眼，開始呼嚕嚕起來。陸鐸說得很對：**「在往事裡是找不到快樂的。試圖重溫舊夢也不行，無論那有多令人陶醉。」**

要體驗快樂，只能發生在此時、此地——當場、當下。

第三章

我們開始相信快樂必須仰賴某種成果，或某人，或某種生活風格；那就叫迷信。

來訪嘉賓：全球最大的速食連鎖店風笛漢堡創辦人

快樂不在「未來」的「假設」裡嗎？

親愛的讀者，如果能實現最渴望的夢想，會怎樣呢？如果能超乎你最大膽的想望，在自己選擇的事業上獲得成功，又會如何呢？

想像這種快樂的前景並無害處，不是嗎？譬如說，想像一下嘛，打開一棟漂亮房子的大門，發現你的家人全在裡邊，像繪本的圖畫般充滿天倫之樂、愉快交流，還有令人開心的香味從廚房飄出來；而且，絕不會有為了電視遙控器而口角這種事。

又或者，以我自己為例，冒險進入樓下廚房陰冷的儲藏室，然後，發現了一萬份春喜太太做的碎雞肝丁兒，全都以最新鮮的狀態保存著，靜待我親自享用。

多迷人的期待啊！多誘人的景象啊！

我們一點兒都不知道在「喜馬拉雅．書．咖啡」，有位成就同樣非凡的人正要來到我們之中。

一開始我們都沒有注意到他。還真巧，他初次到訪就碰上了我通常在咖啡館現身的近午時分。上午十一點過後，我從大昭寺走出來，快到咖啡館時，他也正好在那個時間點大步走來。他是個看起來粗壯的中年男子，髮色赤褐，兩鬢帶點灰白，臉部線條稜角分明，濃眉下是一雙充滿好奇的眼睛。他的面容，有飽經風霜的皺紋，與他一身昂貴的行頭有種鮮明的對比，他穿著奶油色的亞麻夾克搭配奶油色長褲，還戴著閃閃發光的金錶。比起那些走迂迴路線的閒逛觀光客，他的腳步快多了，而且還帶著好幾本印度西北部必遊景點的旅遊指南。

我走在咖啡館內時，中途還在櫃臺下方停下來，與籃子裡的馬歇爾和凱凱碰了碰鼻頭。因為法郎回美國，加上瑟琳娜和山姆到來，似乎有一條隱形線把我們這三個館內的非人類住民與常客之間拉得更緊密了。一起經歷過這些變局讓我們有了可共享的經驗，共同的連結。倒也不是說我們之間會進展到那種超越「碰碰鼻頭」和「禮貌問候」的關係啦。你不會指望我爬進他們的籃子裡，和他們混在一起的，對吧？我可不是那種貓；而且，親愛的讀者，我寫的當然也不是那種書啊！

我來到在雜誌架上的老位置後，便開始觀察我們這位穿戴整齊的客人如何在一旁的長椅子上安頓好自己。他用帶點兒傲慢權威的手勢召來了侍者，口音是蘇格蘭特有的捲舌混音：「午餐開始供應了嗎？」

山佳亞點了點頭；他是個青春洋溢的年輕侍者，穿著俐落的白色制服。

「我要點一杯你們的榭蜜雍．白蘇維翁（Semillon Sauvignon Blanc, SSB）」客人吩咐道。接著他把幾本旅遊書在面前的桌上全攤開來，又從口袋拿出手機，很快地便忙著研究旅遊計畫，在書本中交叉比對各種細節，再把資料輸入到手機裡。

那杯榭蜜雍．白蘇維翁來了之後，他嘗試性地啜了第一口，面露一副研究的神色，將那汁液在口舌間迴繞。後來，他吸聞那酒比起喝它的次數多得多，就喝上四口。但是才幾分鐘時間，他的酒杯就空了。

這項事實逃不過侍者領班庫沙里的法眼，他的無所不知可說是一樁傳奇。他即刻派出山佳亞帶著整瓶的榭蜜雍．白蘇維翁再次為客人斟上。接著是第三杯，再來個第四杯。然後客人要求結帳，整理好他的書，就走了。

直到半小時後，事情才出現不尋常的轉變。埋首於特製午餐……刀工細膩精巧的美味煙燻鮭魚條中的我，抬頭往上一瞧，咖啡館入口處的人不就是剛剛那位嘛！只是這次還帶著老婆一起。

她是個端莊的婦人，面貌慈祥，鞋子也不花俏。她環顧館內，表情很是欣賞。這是我們都相當習慣看到的表情。很多西方人經由德里一路來到麥羅甘吉之前，多半都被印度的混亂、人潮、貧窮、交通，以及過分的活力嚇壞了。然而，當他們踏進「喜馬拉雅・書・咖啡」大門的那一刻起，便發現自己處於全然不同的美學環境之中。華麗的接待櫃臺右邊，是燈光柔和、富有古典氣息的咖啡館：純白的桌布，藤椅和一台大型的銅製濃縮咖啡機。這裡還有繡工華美繁複的藏傳佛教的掛圖（唐卡，thang-ka）裝飾著牆面。而櫃臺的左手邊，走上幾級階梯則是書店區，在藏書豐富的書架之間散置著珍貴的卡片、如寶藏般的喜馬拉雅地區手工藝品，以及各種禮品。歐洲的休閒時髦風格與藏傳佛教的神祕氣息，在這裡融合成一種特別的異國情調。

許多第一次進來的遊客，一看到咖啡館內部，都發出明顯的讚嘆聲。

這位客人的妻子倒沒有這麼強烈的表示。她殷切地望著丈夫時，好像是希望這家咖啡館能合他的心意。事實上也是……非常之合啊！

庫沙里走上前去打招呼，領著他們走到一個窗邊的座位，然後丈夫仔細閱讀菜單和酒單，就好像第一次看到那樣，接著他點了和之前一模一樣的酒。這一回，他稍微自制地吸啜著他的榭蜜雍．白蘇維翁，但是整個用餐過程，他毫不費力就喝完幾乎一整瓶酒，而他的妻子只有喝上一丁點兒。

我從遠方關注著他們兩位，感覺到他們倆在相處上有些尷尬之處。他們的交談中有幾次長時間的停頓，沒話說時也都在東張西望，但就是不看對方，即使稍有交流也很快就嘎然而止。

大多數的西方遊客行程都排得滿滿，在此地短暫停留的期間只會來我們咖啡館一兩次。但我們這位俐落精幹的朋友和他的夫人則不然。就在第二天上午十一點整，也就是開始供應酒類飲品的神聖時刻一到，他便出現在咖啡館門口，然後走到長椅邊，點一杯榭蜜雍・白蘇維翁。

庫沙里已預知前一天的事件即將重演，這次他表現殷勤，親自為客人倒酒並提議道：「先生，讓我為您準備個小酒桶可好？」

客人全盤考量了一下，然後決定說：「好的，可以。」他一邊翻閱旅遊小冊，一邊自己倒酒，不過已不像之前那樣興致勃勃的了，他很快就解決掉一整瓶酒。

他走後半個小時左右，又再次協同妻子出現在咖啡館門口，這次他告訴當時人剛好在櫃臺的庫沙里，說他們好喜歡前日的用餐經驗，所以就決定再來一次。說話辦事總是非常得體的庫沙里禮貌地微笑著，欣然接受這套有點像編造出來的表面說辭。

親愛的讀者，如果我告訴你說第二天早上就會再回到完全一樣的「土撥鼠日」(Groundhog Day)，你會相信嗎？

（譯註：土撥鼠日，原為每年二月二日北美地區的傳統節日，用以預測當年春天何時來臨。但這裡指的是美國電影《今天暫時停止》中，男主角連續好一陣子每天都回到二月二日的情形。）

嗯，也許不會完全相信哦。然而，第三日，果然，客人十一點鐘進門後就直接走向「他的」長椅，隨後庫沙里便讓侍者用小冰桶裝好他最喜愛的酒送過去。瑟琳娜前兩天去了德里訂購新的廚房設備，此時她看著所發生的一切，覺得奇怪，不一會兒便去找庫沙里，她的眉毛高高揚起。在他倆密談之時，庫沙里趁客人目光向下盯著手機瞧時，便示意瑟琳娜往客人的方向察看。

她一看之後，整個人都僵住了。接著，她匆匆結束了與庫沙里的談話，直接朝書店區而去。一會兒她便站在山姆身旁了。那時他正在櫃臺後方，面向電腦坐著。

「可以借用電腦一下嗎？」她語氣迫切。

「當然可以。」他才從椅子上滑下來，她便飛快開啟一個搜尋引擎。

「高登・芬力（Gordon Finlay）。」她在搜尋方格輸入時，山姆便把這姓名念出來。

「你知道他是誰嗎？」她低聲問道。

他搖搖頭。

「我想他還在那裡，」她邊說，邊用頭輕點著那張長椅的方向：「風笛漢堡。」

「就是他？」山姆的眼睛為之一亮。

他們倆盯著維基百科的詞條，有個特色條目是風笛漢堡創辦人的照片。

「『從蘇格蘭伊凡尼斯（Inverness）的一家單一窗口的漢堡小吃店開始，』」山姆讀出來：「『現在是全球最大的速食連鎖加盟。』」他一面往下瀏覽，一面拉出螢光重點：

「市價約五億美元」；「立足於每個主要市場」；「格子制服很有名」；「美食漢堡的創造者」；「致力於維護品質」。

「是他嗎？」瑟琳娜催促著。

山姆先研究了一下面前的照片，再轉身查看那位坐在餐廳裡的客人：「我們這位看起來……下巴沒那麼寬厚。」

瑟琳娜把食指和中指交叉成剪刀狀說：「整型的啦。」

「妳知道他這兩三天來喝酒的事？」山姆問她。

「幹我們這一行的很容易貪杯啊。」

山姆專注地凝視她的雙眼問：「但是他來麥羅甘吉做什麼？」

「那就是我……」她伸手越過山姆，在鍵盤上輕輕敲了幾個字，螢幕上出現了另一個頁面時，她點了點頭說道：「嗯，是我要離開倫敦的時候發生的事。他賣出資產得款五億美元。」

「那邊那個人？」山姆壓低了聲音問道，睜大了眼睛。

「沒錯。」瑟琳娜捏了他的手臂一下，然後才從櫃臺旁挪移一步，很謹慎地再偷看一下。

她點了點頭，「倫敦人都沒辦法不談這件事。那是每個創業家的夢想，對餐廳這門生意來說，他賺的錢是一筆不可思議的數目呢。人們要不就愛死他，要不就恨死他。」

「妳是哪一邊的呢？」

「當然是愛死他了！他所做的事情令人驚嘆啊。他進入一個早已有一大堆品質很差的產品領域，並且創造了真正獨特的東西、大家都喜歡的東西，生意也做起來了。他著實賺了一大筆錢，雖說也花了他二十年的光陰辛苦工作，外人難以想像的辛苦。」

「還是怪人一個。」山姆搖著頭說道。

「你是說他一來再來這件事嗎？」

「不只是那樣。你知道嗎，他每天都在路底那間網咖泡好幾個小時。」

輪到瑟琳娜大感驚訝了。

那間網咖主要的服務對象幾乎都是當地人，人多髒亂，照明也很差。

「我看到他每天早上都會去那裡。」山姆住在咖啡館上面的公寓，房裡有扇面向街道的窗戶，「他從早上八點就在那兒。然後，就來我們這兒。」

接下來一個星期，高登．芬力成了「喜馬拉雅．書．咖啡」的常客，以至於他沒來的那幾個早上，後面那張空蕩蕩的長椅看起來還真叫人好奇。第一次，有人看到他和他老婆爬進一輛小巴後面，參加達蘭薩拉的周邊景點一日遊。另外一次是，有位侍者說看到他和阿祿在講話；阿祿是個小販，總在頭頂上方電話線糾結成一團下的大街上做小生意。

在所有的小販當中，衣衫襤褸的阿祿最年輕，也最沒人氣。要讓路人對他從髒兮兮的大鍋裡撈出的油炸餃子產生興趣，真的是很艱辛的工作。我們也很難揣測出高登．芬力對這個總是悶悶不樂的阿祿是有什麼興趣。但是，當庫沙里發現高登．芬力沒來喝餐前酒、也沒來吃午餐時，他往窗外一看，便留意到阿祿也不在他的攤位上。

第二天謎底揭曉了。阿祿回到他的工作崗位，穿著黃紅色調的工作服，帶著便帽，原來的黑鍋也換成銀色閃亮的戶外烤肉用大鐵鍋，還有一面「快樂雞」的招牌，周圍則有時髦活潑的彩旗飄揚。當他站在愈來愈長的等待人龍前，將雞胸肉翻面時，穿著註冊商標奶油色夾克的高登・芬力就站在他身後。

準時十一點整，高登・芬力回到咖啡館內。

「到底高登・芬力來麥羅甘吉做什麼？」這已成為愈來愈多人猜測的話題。當然，他應該不是選上這個位於喜馬拉雅山山腳下不起眼的小鎮做為他全球連鎖速食店的新起點。那為什麼要那麼麻煩來到這裡，卻花那麼多時間喝酒？難道義大利或者法國南部不是更適合這樣做嗎？還有，他大可從他住的飯店輕鬆上網，而且也更舒適些啊，那他長時間泡在網咖裡又是怎麼回事呢？

親愛的讀者，在此我要非常高興地宣布，關於上述問題還有其它開放式問題及答案方面，我扮演了一個重要的角色。就如同人生許多有趣的事態發展一樣，並非因為我自己的任何蓄意的行動，而是……只要有我在場（我那凡人無法抗拒的魅力是公認的），便足以釋放出所有被壓抑的情緒，任其無可預料地宣泄出來。

當時，我占據著咖啡館內我的老位置，演練著陸鐸老師可能會稱為「梅蕙絲體位法」（譯註：梅蕙絲〔Mae West〕是二十世紀美國演員、劇作家、性感偶像）的姿勢，側身躺臥，臉蛋兒就擱在我的右前爪上。時間已經愈來愈接近高登．芬力平常一日出現兩次的第一次了。但是當我開始梳理肚子上蓬鬆鬆的白毛時，往上一瞧，出現在門口的卻是芬力太太。她先是在餐廳裡憂心地四處張望，接著又走向書店區。她以前從來不曾大膽地走這麼遠呢。她和她丈夫通常只坐在靠近前廳的那張餐桌。她幾乎都要走到雜誌架這邊了，瑟琳娜才走到她面前。

「我正在找我先生，」芬力太太告訴瑟琳娜說：「我們曾經來過這裡幾次。」

「這裡已經變成他在達蘭薩拉最喜歡的地方了，所以我希望……」她的下唇在抖動著，她做了個深呼吸恢復鎮定：「我希望可以在這裡找到他。」

「今天還沒有看到他呢，」瑟琳娜說道：「不過很歡迎妳留在這裡等他。」她指向後方的長椅，就是高登．芬力通常享用一瓶「上午酒」的地方。就在此時，芬力太太第一次看向雜誌架，而我正在梳妝打扮中。

我意識到有人正盯著我瞧，便也直勾勾地看向她。

「噢，天哪！」芬力太太本就薄弱的鎮定神經再度受到威脅：「和我們家小藍寶長得一模一樣！」

她向我走來，伸出手撫摸我的脖子。

我望著她紅了的眼眶，呼嚕嚕起來。

「這位是仁波切……」瑟琳娜告訴她，但是芬力太太沒有在聽。先是一顆淚珠，接著另一顆淚珠從她的臉頰滾下來。她咬著嘴唇想要止住淚水，停止撫摸我的動作，並伸手到提包內拿面紙。但是那情緒太強大了。頃刻之間，她不住地抽咽，釋放了很多情緒。瑟琳娜單手環抱著她，溫柔地領著她走到長椅那邊。

芬力太太以面紙按臉靜靜地哭了一會兒。瑟琳娜向庫沙里比了比手勢，要了杯開水。

「很抱歉，」過了一會兒她道歉道：「我太……」

瑟琳娜輕噓一聲讓她別說了。

「我們曾經有一隻小貓，就像她這樣。」芬力太太說，用手指向我這邊，「這讓我回到從前。許多年以前的蘇格蘭，藍寶對我們而言是如此特別。她曾經每晚都睡在我們床上。」她哽咽道：「那時候是不一樣的。」

侍者送來一杯水。芬力太太啜了一口。

「她們真的非常特別……」瑟琳娜瞥了我一眼同意道。

但是芬力太太沒有在聽，她注視著餐桌，放下玻璃杯。她似乎愣住了。直到不知怎地覺得有感而發了，她才開口說：「高登，就是我先生，他……討厭這裡。」她說這話的模樣，彷彿要承認這件事是很可怕的負擔，而她終於可以卸下這個負擔了。

瑟琳娜先讓她靜下來一會兒才告訴她說：「妳知道嗎，這不是什麼異常的反應。對於來到此地的西方遊客而言，他們若不確定可以期待什麼，印度文化可真的會是一個衝擊。」

芬力太太搖搖頭。「不是的，不是那樣。我們倆對印度還蠻熟悉的。」她首次看向瑟琳娜的凝視：「這幾年來，高登也來這裡好多次了。這就是為什麼他會選擇此地做為我們退休後第一個月要來的地方。只是……事情並不順利。」

她好像可以從瑟琳娜仁慈的陪伴中汲取力量，她繼續說話時也較少哽咽聲了：「他才剛剛大獲全勝，妳看，他把花了二十多年做起來的生意賣掉。高登是個非常努力工作的男人，很有決心。妳根本無從想像他的犧牲有多大。年復一年，每天工作十八個小時。錯過假期、生日宴會、家族聚餐、平日晚餐，總是必須提早離開。『這一切都會有回報的』是他經常掛在嘴邊的話；『我會提早退休，我們會有好好生活的時間。』他總是如此相信著。我也是……

無論我們必須放棄多少都沒關係。我們會快樂的，等到……」她看起來在思考些什麼，然後又說：「一開始的幾個星期都還好。他不同於以往了，自由地做他喜歡的事。但是這樣的快樂並沒有持續下來。突然間，沒了電話、簡訊、會議、沒了等著他裁示的決策，沒有人想要知道他有何想法……就好像一直被扯開到極限的橡皮筋突然被放開一樣。」

「當他瘋狂工作的時候，」她繼續說道：「擁有自己的時間這種想法簡直就是天堂了。但是現在，他卻覺得是可怕的負擔。他沒有帶筆記型電腦來，那曾是他過去生活中的一部分。可是，他早上出門時，說是要去走走……我卻很肯定他是要去網咖。」芬力太太注視著瑟琳娜，瑟琳娜不動聲色，令人絲毫瞧不出端倪。但她知道芬力太太的懷疑是對的。

「而且他喝酒了。他以前從來不是這樣的……在大白天喝酒。我知道那是因為他日子過得既無聊又痛苦，也不知道該拿自己怎麼辦。今天早上他離開飯店前說了類似這樣的話，我從來沒見過他這麼不快樂。」

瑟琳娜見她又湧出了淚滴，便伸出手握了握她的手臂，「這些都會過去的。」她低聲說道。

芬力太太覺得自己無法再說些什麼了，便點了點頭。

一會兒之後，芬力太太離開了咖啡館。當天他們夫妻也沒有來吃午餐。唯有「時間」才能說清楚她與她丈夫會如何解決這個意料之外的失望心情；然而，當天晚上在咖啡館裡，關於這位可憐的億萬富豪的話題再度被提起。

當時快晚上十一點了，剩下的客人大概還有六桌左右，都在享用甜點與咖啡了。瑟琳娜往上看向書店區櫃臺後方高腳凳上的山姆，並露出詢問的神色。他則豎起大拇指作為回應。書店那邊只剩下一個看書的人：從書店裡某個分區隔板下方可以看到一雙腳踝和紅僧袍的下擺。

瑟琳娜走向書店區準備進行「收工」儀式，櫃臺下方的柳條籃子裡也有兩個腦袋抬高起來；馬歇爾和凱凱都注意著瑟琳娜的腳步即將走向那充滿希望的地方。

她走到通往書店區的幾級階梯的最上方時，最後的客人也走了。

「洛桑！」她熱情地呼喚他，並走上前去給他一個擁抱。洛桑已是書店的常客，他在這裡的書架上發現到的佛教書籍及最新的非小說類書目範圍之廣，真是令人讚歎，特別是與之前在達蘭薩拉所能取得的書籍相較而言。由於瑟琳娜和他從小就認識，她堅持要給他最好的折扣價格。

他倆自十幾歲起就因為同在春喜太太的廚房擔任助手而彼此認識，而今命運已帶領他們兩人走出非常不同的生命軌跡。瑟琳娜負笈歐洲，而洛桑從小便已顯露其聰慧敏銳以及傑出的語言天賦，後來獲得獎學金前往耶魯大學攻讀符號語言學。他回到印度後擔任達賴喇嘛的翻譯官；他在別的方面也頗有造詣。特別是只要他在場，就有一種安定人心的力量，而人們對他這個特質總是有如下反應：有時候會明顯地往後靠到椅背上，肩膀放鬆下來，或者展露出笑臉。

「我和山姆正要喝杯熱巧克力呢。你要不要一起來？」瑟琳娜問道。

雖然洛桑總是一派平和，我還是注意到瑟琳娜有種魅力，能讓他有些不一樣。他似乎覺得她的出現非常令人歡喜。

「那就太棒了。」他也熱情回覆道，並跟著她身後往那兩張沙發走去。

不一會兒庫沙里就送來了兩杯熱巧克力給人類喝，一碟子狗餅乾則是因為手要橫過咖啡桌，所以營造出相當緊張的氛圍，激起狗兒們迫切的預期心理，而且由於放下來時還發出清脆的碰撞聲，好似巴伐洛夫（Pavlov）的實驗開始，更促使狗兒爭相瘋狂地往書店區飛奔而來。

至於我，則是先跳下雜誌架，伸展兩隻後腳爪，再張開前手爪子到極限，先做一隻再做另一隻，然後才走過餐廳，靈巧地跳上沙發，並落座於瑟琳娜和洛桑之間，他倆正面對山姆而坐。

「尊者貓有妳照顧真是非常幸運……」洛桑說道，瑟琳娜正彎身向前為我倒牛奶到碟子裡，「特別是尊者不在家的時候。」

「我們擁有她才幸運哩，」瑟琳娜邊說著，邊輕撫我：「對不對呀，仁波切？」她並沒有將碟子放到地板上，所以我便走到咖啡桌上，並開始舔牛奶。

「妳允許貓咪上餐桌啊？」洛桑問道，他因為我的大膽而覺得有趣。

「也不常啦。」瑟琳娜答道，帶著溺愛的笑容注視著我。

有好一會兒，這三個人類就默默觀察我舔著牛奶碟並精力十足地呼嚕嚕叫著。是貓族的心電感應嗎，還是我自己亂想而已，山姆好像不高興洛桑加入他和瑟琳娜平常的「收工」聚會？

瑟琳娜問及洛桑他目前正在進行的一項計畫，他提到自己正協助翻譯帕繃喀仁波切（Pabongka Rinpoche）對某一祕傳校本的評註。接著，他們的談話便轉移到白天所發生的事情。瑟琳娜告訴他們遇上芬力太太的經過，以及芬力太太對早年辛苦打拚以便提前退休所抱持的憧憬，結果卻變成令人如此難過的挫折。

洛桑聽著芬力太太的故事，他無限的平和中滿是同情，然後他說道：「我認為，我們當中幾乎沒有人可以不犯下相同的錯誤……相信『我退休的話』就會快樂。『我有這麼多這麼多的錢的時候』就會快樂。『當我達成這個特定目標的時候』就會快樂。他停了下來，因為話語中的荒謬而笑了，**「我們創造了自己的迷信，然後說服自己要這樣去相信。」**

「迷信？」山姆的口氣有挑戰的味道。

洛桑點點頭：「在兩個毫無關聯的事物之間硬扯上某種關係，譬如說破鏡與厄運，黑貓和好運。」

「或者喜馬拉雅貓，」瑟琳娜提議道：「和極度的好運。」

就在那一刻我從碟子上抬起頭，望著他。他們三人都笑了。

我又埋首於舔牛奶。

洛桑繼續說：**「我們開始相信快樂必須仰賴某種成果，或某人，或某種生活風格；**

那就叫迷信。」

「但是，我這裡有滿架子滿架子的書，」山姆的手在身後比劃著：「這些書在講目標設定，還有正面思考，還有豐盛的示現。你是說它們全錯了嗎？」

洛桑呵呵笑著：「噢，不是的，我不是那個意思。擁有目標、或有目的可以是有用的。但是我們千萬不要相信必須達成這些目標之後，我們才會快樂。這兩回事真的相當不同。」

山姆和瑟琳娜咀嚼著這番話時，一片靜默，只有我舔牛奶的嘖嘖聲，還有狗兒們在桌子底下嗅著餅乾屑的呼呼聲偶爾打破靜默。

「若有任何物品、成就或關係是快樂的真實原因，那麼無論是誰擁有了這個東西，他就應該是快樂的。然而，從來沒有人發現過這樣的東西。」洛桑繼續說道：「最悲哀的是，**如果我們相信我們的快樂仰賴著某個我們現在沒有的東西，那麼在此時此地，我們便無法快樂了**。可是，此時此地是我們唯一可以快樂的時間。我們無法在未來快樂；未來還沒到。」

「而且，當未來來臨時，」瑟琳娜說：「我們會發現，以前所相信會帶來快樂的東西並沒有讓我們如想像中的快樂。看看高登・芬力。」

「的確。」洛桑說道。

山姆在他的座位上挪動著：「不久之前，針對這一點有一份神經科學的研究報告。我想名稱是『成功的挫敗』。它檢視『目標實現之前』與『目標實現之後』。與引發短暫釋放感的『目標實現之後』相較之下，『目標實現之前』人們朝向目標努力的正面感覺，在大腦活動方面是比較密集，也比較持久的。」

「跟著就要問：『那，就是全部了嗎？』」瑟琳娜說。

「和目的相比，『旅途』真的是更重要？」洛桑確認道。

「這只會讓我更加不確定是否該回歐洲……」瑟琳娜說。

「妳有可能會留下來嗎？」洛桑問道，語氣中充滿著期望。當她望著他時，他迎向她的目光，不是只有一兩秒，是直到她看向別處。

「咖哩之夜那場晚宴是個起頭，」瑟琳娜解釋道：「那讓我瞭解到，那些真心欣賞我所作所為的人們，能為他們做點事情是多有意義，多充實啊；而不是為那些到外面用餐，只是想被看見在對的地方露面的人。為什麼我要讓自己去承擔那種壓力？看看高登．芬力所經歷的這些事情。在餐飲界，他是近十年來最成功的人物之一。他的成功是成千上萬的人夢寐以求的。然而，這樣的成功使得他變成工作狂，根本停不下來。如果內在無法平靜，那麼擁有席捲全球的成功又有什麼意義？」

從瑟琳娜所說的話裡邊，我聽出了其他未曾明說的重點。過去幾個禮拜，我看過好幾次她以前的學校同學帶著丈夫及孩子來找她。每一次，我都覺得她的內心好像被牽引到一個完全不同的方向去了。

第二天一早，高登・芬力十點三十分就來了。從他走進咖啡館的那一刻起，他看起來就像個無事一身輕的男人。他走向長椅，點了一杯濃縮咖啡，還選了報紙架上的《印度時報》。

他輕輕翻閱報紙，喝完了咖啡之後，便站起身來走向櫃臺邊的瑟琳娜，「我的妻子告訴我她昨天有來這裡，妳很照顧她……」用他的蘇格蘭捲舌音，他說：「我只是想讓妳知道，針對這一點，我是很感激的，就像我也同樣感激妳……『行事謹慎』。」

「噢！不客氣。」

「這個地方對我來講一直像個綠洲，」他繼續道，同時看向牆面所掛的佛教唐卡

「但我們決定要回家了。至於要做些什麼事，現在還沒有具體想法；不過，我可沒辦法每天坐著喝掉兩瓶酒。我的肝可沒有辦法撐很久。」

「很遺憾，事情的結果不如你所計畫的那樣。」瑟琳娜說道。接著，她像是想到了什麼又補充說：「我希望印度還是有一些東西是你喜歡的？」

高登．芬力沉吟了半晌，然後點點頭：「奇怪，我腦海中立即浮現的是幫助街頭那個孩子，就是幫他把做生意上的一些流程建立起來。」

瑟琳娜笑了：「快樂雞？」

「他現在生意興隆啊。」芬力說道。

「你是股東嗎？」

「不是。但我實在很高興可以讓他站起來。他讓我想起很多我自己事業剛起步時的事情：極度缺乏資金、競爭者環伺，然後產品也沒有差異化。其實，只花了一兩百英鎊，以及一點點訓練，現在他就上手了！」

高登．芬力說這些話的時候，他似乎變高了，站得也更挺了。這是認識他以來，首次看到他一展過去那位威風凜凜的企業主氣勢。

「也許，」瑟琳娜暗示：「你剛剛所說的正是你下一步可能會做的。」

「我可沒辦法拯救全世界每一個街頭小販啊！」他抗議。

「是沒辦法。但是，你會改變那些你能夠解救的人的生命。單單只是幫助一位，你便很明顯地獲得了很大的滿足感。想像一下，若能幫助更多人，你會有多麼滿足！」

高登．芬力盯著她，看了良久，然後靈光一現點亮了他敏銳的深色眼眸，他接著說：「妳可知道，妳的想法很可能是個重要的開端！」

第四章

覺悟是……我們對事物的理解已然深入到讓我們「改變行為」的那種程度。

來訪嘉賓：旺波格西

以為能永遠活下去那樣地活著，是浪費人生的悲劇……

無聊。

無聊是可怕的折磨，不是嗎，親愛的讀者？據我所知，這種苦難幾乎是全球性的。在日常生活的層面上，隨處可見無聊的存在。無論你在哪裡做什麼，無論擺在面前的任務是什麼……你是個忙著要在月底前生出十份枯燥報告的主管也好，你是隻貓也罷，你爬上檔案櫃，整個上午就這樣無所事事、打著瞌睡，只等著咖啡館的午餐……可能是鹹香酥脆的油炸海鱒魚柳條，也許還會附上凝脂奶油喔。

我經常在無意中聽見觀光客說：「我等不及要回到文明世界去了！」但我猜想，

這群觀光客在幾個月前不也是迫不及待要劃掉月曆上的日子，殷殷期盼著這趟一生一次的印度之旅嗎？「但願今天是星期五就好了！」也是同樣問題的另一種形式。好像在說我們必須想法子捱過五天難以忍受的單調乏味，就只為了有週末兩天可以真正快活地享受。

這個問題其實蠻深的。當我們從那堆特別的月底報告中，或在檔案櫃上那個特別空虛的上午抬起頭來時，一想到我們等待著即將……到來的一切，那種無聊感就陷入了深不見底的絕望之中。這一切有何意義呢？我們可能發現自己在質疑著：何必呢？誰會在乎呢？生命看來是一場「單調無盡」卻又「徒勞無功」的操練啊。

對地球行星有較強洞察力的眾生都知道，伴隨著無聊感而來的是一位更加黑暗的朋友，罪惡感。我們都知道，若與許多眾生相比，我們的生活事實上是相當好過的。我們既不住在戰區，也沒有陷入赤貧；我們不會因為性別或對宗教方面的看法就被迫生活在陰暗當中。食、衣、住、行這些事情我們都可以自由地隨自己喜歡去做，真是感恩噢。但即便如此，我們還是無聊到無以復加。

以我自己為例好了，達賴喇嘛都已經離開家好幾天了，我卻無法讓情況和緩一些。再也沒有平常活動時的喧鬧，也沒有春喜太太關心地帶著豐盛的食物來找我。最重要的是，在尊者面前我所感受到的令我寬慰的愛與能量也都不復存在了。

就這樣，某日上午，我走在前往咖啡館的路上，心很沉，爪步很慢。我向來習慣的磨蹭閒晃也比平時更嚴重了；光是挪動我那後腿就覺得像是希臘大力神赫丘里斯（Hercules）的艱巨任務。為什麼我得做這些事啊？我問我自己。午餐美則美矣，但是吃掉它前後頂多花我五分鐘，接著又會是晚餐前煎熬的等待啊。

對於接下來的事情將如何把我從昏睡中震醒，此刻的我一無所知。

某日，山姆表現出異於平常、十萬火急的模樣是故事的開始。他從書店區的高腳凳上跳下來，匆忙跑下臺階往餐廳去。

「瑟琳娜！」為了趕緊引起她的注意，他把原本屬於兩人間的耳語講得所有食客都聽得一清二楚了。「是法郎！」他指了指身後的電腦螢幕。法郎的習慣是用網路電話來聽取最新的營業狀況，但是他向來都是在星期一上午十點鐘打過來的，因為那時咖啡館較為安靜，而不是像現在這種下午時分，館內活動正趨向忙碌的尖峰時刻。

瑟琳娜趕忙走向書店區櫃臺。山姆打開喇叭，螢幕上顯示法郎在一個客廳裡，身後有好幾個人坐在沙發或扶手椅上。他神色凝重。

「我父親昨晚過世了，」法郎直接了當地說道：「我想要在你們聽別人說之前先告知你們。」

瑟琳娜和山姆紛紛致以同情與慰問。

「雖然是無可避免的事，但還是很震驚。」他說。

有個女人從法郎身後的沙發起身，並走向螢幕，「真不知道沒有了他，我們該怎麼辦！」她嗚咽道。

「這位是我姐姐，貝若。」

「我們都非常愛他，」貝若啜泣著：「失去他真的好難受！」

他們身後紛紛傳來同意的低語聲。

「在他最後的日子裡，我可以陪在身邊，這樣很好……」法郎說著，企圖要重新掌握發話權。雖說他和父親之間的關係一向緊張，但他此次返鄉探親還是在他的喇嘛旺波格西動怒並堅持之下得以成行了。旺波格西身為尊勝寺最為資深的喇嘛之一，對於強調「行動勝於言語，他人勝過自我」這方面的重要性是絕不妥協的。

「很高興旺波格西說服了我，」法郎繼續說：「我爸和我才能解決……」

「我們要辦個盛大的喪禮。」法郎身後傳來一位長者的聲音，但卻是只聞其聲，不見其人。

「非常盛大的喪禮……」某人跟著附和道，很明顯地要強調非常讚賞「規模要盛大」的意思。

「有兩百多個人會來參加告別式……」貝若一邊逼近鏡頭，一邊補充道：「這就是現在最重要的工作，不是嗎？我們都需要一個結束，所有人都需要。」

「一個結束。」她身後的人群同聲附和道。

「爸要的是非常簡單的火葬。」法郎說。

貝若一個字都沒聽進去。「葬禮是為我們這些還沒走的人辦的，」她聲明：「我們是天主教家庭。不過嘛，」她刻意地盯著法郎看：「我是說我們絕大多數都是啦……」

「不要搞那些什麼天葬的東西。」發聲的是那位嗓音沙啞的男性長輩。

法郎搖著頭說：「我從來都沒有說要……」

「那是你們佛教徒相信的事情，不是嗎？」一個頭髮花白的乾癟老人說道，他雙眼通紅，牙齒都快掉光了，正朝著電腦螢幕走來，「把人剁碎了再餵給兀鷹吃？絕對不行！」

「這位是米克叔叔。」法郎說道。

米克叔叔檢視著電腦畫面好一會兒，然後責罵法郎：「他們都不是印度人！」

「我從沒說過他們是啊。」法郎溫和地抗議著，但是米克早已轉過身，拖著腳步走開了。

法郎刻意揚起雙眉然後說：「我是希望明天可以出去餵鳥。」

佛教徒相信慷慨的行為有益於往生者，特別是由那些與往生者有業報因緣的親屬去做更好。

「鳥？」貝若一臉的不敢置信：「那我們呢？你的親骨肉呢？葬禮之後還有很多時間可以胡搞瞎搞啊。」

「我還是先走好了，」法郎快速地說：「等我自己一個人的時候再打電話。」

瑟琳娜和山姆說再見的時候，那頭響起了米克叔叔的聲音：「鳥？我就知道！只要我還在，絕對不可以天葬！」

通話結束後，山姆和瑟琳娜面面相覷。

「他看起來不好過呢……」瑟琳娜說。

山姆點點頭。「但至少他知道回家這趟是做對了。不過，他可能會比大家猜想的更早回到這裡。」山姆補充道，面露沉思之色。

「誰知道呢？」瑟琳娜用手指頭撥了撥頭髮：「如果必須處理房產的事情，就有可能要多待一陣子了。」

她感覺到有些動靜，便低頭一瞧，原來是法郎的法國鬥牛犬馬塞爾跑到她的腳邊。

「他怎麼知道的？」她笑着看向山姆，驚呼道。

「聽到法郎的聲音嗎？」

「從餐廳那邊的櫃臺下面？」她遠遠望向狗籃子。法郎的聲音可以傳得那麼遠好像也不太可能。

「不是的，」她說著並跪下來輕拍他：「我想，狗就是能領悟到這些事情。對不對啊，我的小朋友？」

在那之後，很快地就有個令人既震驚又痛心的消息傳到尊勝寺的核心地帶……更精確地說：「尊勝寺核心」就是我監督達賴喇嘛的行政助理進行各項活動的辦公室所在。通常在那裡面都會有一些事情發生，而我就從丹增身後的檔案櫃上頭綜觀全局，在那兒所看到的全景不僅僅是辦公室內的活動，也看得見那些出入尊者辦公室的所有人。因此，每當達賴喇嘛去了外地，有好幾個白天我都會待在辦公室裡，監督那些來大昭寺辦理官方業務的人潮來來去去。

邱俠和丹增都會趁尊者出國較長的期間輪流休假，而這一次輪到邱俠放假了。幾天前，他已經離開這裡前往拉達克（Ladakh）探望家人。而在兩天前，邱俠緊急聯絡了丹增，說是要他傳達一則訊息給旺波格西。依照丹增一向高效率的行事作風，他立即召來兩位沙彌；他們當時正在門廊上做著清潔雜務。

我剛出生沒幾天就已經認識塔西與沙西（Tashi & Sashi）兩兄弟了，當時他們對待我的態度，不過分地說，就是非常之怠慢。但是後來，他們一直非常非常努力要自我救贖，到現在已經變得很積極地關心我是否一切安好。

「我要你們去傳達一個緊急訊息。」他們進到辦公室後，丹增吩咐道。

「好的，先生！」他們異口同聲回答。

「要親手把這個交給旺波格西，這個非常重要喔！」丹增強調著，一邊把封了口的信交給十歲的塔西，兩兄弟中的哥哥。

「好的，先生！」塔西重複道。

「不要延誤，也不要分心，」丹增嚴厲地說：「即使有高僧叫喚你們，都不可以。這件事是尊者辦公室的正式信函。」

「是的，先生。」孩子們同聲道，臉上都因為這件意料之外的任務所具有的重要性而明亮起來。

「現在，去吧。」丹增下令。

他們倆面面相覷了一下，然後塔西用略尖的聲音問：「先生，我們只有一個問題。」

丹增揚起雙眉。

「先生，尊者貓好嗎？」

丹增轉身望向檔案櫃上方的我，那時的我正懶散地伸開四肢躺臥著。我眨了眨眼，睜開眼睛一下，就只一下。

「正如你們所見，她還活著。」他的語氣還真古怪呢，「現在，快去吧。」

那天下午我才剛從咖啡館回來，跳上檔案櫃後本想快快洗一下我深灰色的耳朵，這才發現站在辦公室另一頭的人不正是旺波格西本人嘛。旺波格西不只是尊勝寺最受敬重的喇嘛之一，也是最令人敬畏的喇嘛之一。格西（Geshe）是傳統上用來稱呼藏傳佛教比丘最高的學位名稱。旺波格西已經快八十歲了，中國入侵之前他就在西藏讀書。他有藏人典型的渾圓結實的身材，也具備敏銳的心智，完全無法忍受身體或心靈的懶散。他也是一位大慈大悲的比丘，對門徒的愛是毋庸置疑的。

旺波格西出現在門口的那一刻，他的形貌就是有這種威嚴，也因此丹增趕忙從座位上站起來並問候道：「格西拉（尊稱）！」

這位喇嘛擺了擺手示意他坐下。「多謝你兩天前送來的信函，」旺波格西神色沉重說：「邱俠病得很嚴重。」

「我也聽說了，」丹增說：「他離開這兒時還好，也許是在巴士上感染到什麼了？」

旺波格西搖搖頭：「是心臟問題……」他沒多說什麼，「一夜之間就嚴重惡化了。」

他體力衰弱很多，但是仍然保持清醒。不過，我今天一大早再打電話給他時，他已無法說話了，只剩一口氣。對我們來說是很不幸的消息，但他的時候到了。他的身子無法動彈，但是聽得到我的聲音。他肉體死亡的時間是九點鐘，但是仍保持在明光中超過五個小時。」

丹增和我……良久良久都無法接受這個消息。邱俠，我們的邱俠，死了？就在三天前他還在這間辦公室裡跑來跑去。而且，他還好年輕，還沒三十五歲啊。

「他是死得其所，」旺波格西說道：「我們有信心，他的『心識連續體』是朝正向繼續前進的。即便如此，今晚在廟裡仍然會有特別的誦經活動，供品獻祭可能也會有些用處。」

丹增點點頭說：「好。」

旺波格西的眼光從丹增移到我身上，然後又看回丹增，他慣常的嚴格神態也軟化為極其溫柔的言辭表達：「失去我們關心的人，感覺悲傷難過，這是很自然的。而且，邱俠是個非常非常親切的人。然而，你們不必替他難過。他這一生，活得很好。就算死得突然，他也沒有什麼好害怕的。他得善終這件事為我們所有人立下了一個好典範。」

旺波格西說完便轉身離開辦公室。

丹增坐在椅子上，身子往前傾，閉上眼睛好一會兒，然後起身來到檔案櫃前。他伸出手來撫摸著我：「尊者貓，好難相信，不是嗎？」他的眼睛湧出淚水，「親愛的、仁慈的邱俠。」

不一會兒，洛桑出現了，他走進辦公室，丹增還在撫摸著我。他走到我們身旁，「格西拉剛剛告訴我消息了，」他說：「我好難過。」

穿著僧袍的洛桑，與穿著深色西裝的丹增這兩個男人抱在一起。他們分開後，洛桑說：「在明光中五個小時！」

「是的，格西拉是這麼說的。」

死亡過程這個主題在藏傳佛教中有詳細的預備藍圖。我常聽到尊者說到「明光」是我們心念的自然狀態，是免於一切思慮的。因為那是一種超越概念的狀態，所以言語只能指出體驗明光的方向，卻無法說明那些無法描述的。然而，語言文字有時候會用以暗示這種狀態是無邊無際、燦爛輝煌、充滿喜樂的。那是一種充滿着愛與慈悲的狀態。

熟練的禪定者在生前即能體驗到明光，所以當死亡來臨，他們不會害怕失去個人的身分，能安住於這種非二元性的喜樂狀態。因為有這種程度的自我控制能力，所以他才有可能帶領着自己的心念，面對接下來即將發生的一切，而不是任憑習慣性心理活動的力量（即業報）所驅使。

即使從醫學觀點可以宣布某人死亡，然而，安住於明光狀態中的人，他們的身體仍然柔軟，氣色仍然健康。肉體沒有腐敗現象，體液也沒有流失。在他人眼中，往生者看起來就只是睡著了而已。偉大的瑜伽行者能安住於明光中好幾天，甚至是好幾個星期，並因此聞名於世。

旺波格西認可邱俠安住於明光的這個消息，因此有了極為重大的意義。他的一生也許短暫，但是他的生命成就是無法估量的：他將能夠取得自己命運的一些控制權。

丹增伸手到抽屜裡摸索，拿出手機，並放入口袋中……這是他要離開辦公室的序幕。

「我要去餵鳥。」他告訴洛桑。

「好主意，」洛桑說：「可以的話，我想和你一起去。」

他們倆走向辦公室門口。

「這是此刻的大事，不是嗎？」洛桑問道：「對離開我們的朋友有好處的話，能做什麼就去做。」

丹增點點頭：「即使他不怎麼需要我們幫忙，有件正面的事情可以讓我們專心也是好的。」

「沒錯，」洛桑同意道：「**聚焦在事情上，而非個人自身。**」

隨著他們向門廊走去，話聲也慢慢消退。只剩我自個兒留在檔案櫃上，不斷想著我將永遠看不到邱俠了。他永遠不會再走進這扇門，坐在丹增對面的椅子上，並拿出那支黃色螢光筆了。他認為那是一支標示文件重點的筆，但就我所知，那真是一個好玩的玩具，可以從辦公桌上打落到地毯上去。

我也想起邱俠最後一次抱我的事……我還用爪子掐緊了他的手臂。因為他拿走了我的米色毯子，拿走了我思念女兒的線索，我便遷怒於他，後來就對他很苛刻、很惡劣。這並不是我想要他保留的、關於我的最後回憶啊，然而為時已晚，無法改變了。我只能安慰自己說，我們都知道彼此在一起的時光絕大多數都是快樂無比的。正如業力在這一世所做的一般，當業力於未來世再度讓我們聚在一起時，我們之間的能量將會是正向的。

那晚，我從窗臺上看見尊勝寺的比丘們穿過前院，並與湧進寺院大門的村民們並肩而行。我不知道為邱俠舉辦的誦經法會也開放給群眾參加，我也從來不曾瞭解到原來邱俠在我們村子裡多有名氣、人緣有多好。

隨著到場的人數愈來愈多，我決定也要參加。我步下臺階，穿過前院，沒多久就和一群年長的尼師緩步走上廟前的階梯。

晚間的廟宇有特別神奇之處。而那一晚，廟宇前方的諸佛大神像，他們描金的美麗臉龐，都讓一波波閃耀的酥油小燈給照亮了，每一盞燈都是要獻給邱俠與所有眾生的。傳統上其他的供品，食物、薰香、塗香油、鮮花，都是這場感官饗宴的一部分，我的鬍鬚因而喜悅地震顫著。

我環顧四周牆面上所掛的大幅唐卡，清晰地描繪諸佛，比如「未來佛／彌勒如來」（Maitreya）、「智慧佛／文殊師利菩薩」（Manjushri）、「綠度母」（Green Tara）、「正法守護神／大黑天」（Mahakhala）、「藥師佛」，以及備受崇敬的喇嘛——宗喀巴大師。在夜間微光下，這些神像在某種程度上似乎比在白天裡離我們近得多了，祂們懸於空中，從蓮花寶座上向下俯瞰着。

我從來不曾見過廟裡有像那天晚上這麼多的人潮。從坐在前方的年長喇嘛和仁波切，到坐在後方的比丘、尼師與村民，所有可棲身的空間都用上了。和我一起到達的一位尼師替我找了個位置，就在廟堂後方的低層架子上，從這兒我可以觀察所發生的一切事情。人們點燃酥油燈，雙手合十誦經，並低聲交談，賦予了那個晚上一種強大的特殊感受，似乎有不尋常的事情即將發生。是的，失落感當然存在，還有深深的悲傷，但是另一種迥然不同的潛在情緒也存在着。關於邱俠安住於明光之中的耳語明顯已經傳開來了，所以在悲傷之中還存有一種定靜的驕傲，甚至可說是歡慶，歡慶他可以如此地死得其所。

迎接旺波格西駕臨的是立即的敬畏噤聲。他在教席上，廟內前方高起的座位，坐了下來，並帶領群眾念誦，接著引導我們進入簡短冥想。寺廟裡有的是靜默，但絕非靜止不動。相反地，似乎有股好奇的能量瀰漫了整個空間。難道這只是我喵星人的敏感，才能感受到這幾百顆心都專注在邱俠的福祉之上？這麼多熟識邱俠，又有成就的冥想者，他們的集體意向有可能就在此刻伸出援手，使他受益嗎？

旺波格西以清脆的搖鈴聲結束冥想。接著，他念出達賴喇嘛所寫的一封短信，那是尊者親自從美國寄回來的弔唁信與特別加持；之後，他以西藏傳統的方式介紹邱俠，談及他的家鄉位在西藏東邊一個叫做「康姆」（Kham）的省份，以及從幼年便開始的寺院修業，並念出他曾經領受過的一些主要教示。

旺波格西對於遵循傳統一向是很嚴格的。然而，他也知道如何能觸動聽眾，畢竟這當中有許多人並非比丘，而只是一般居士。

「邱俠死時只有三十五歲，」他輕柔地說道：「如果我們想從他的死亡中學習什麼的話，而且我很肯定他會希望我們學點什麼，那就是，我們應該瞭解到死亡隨時都能將我們當中的任何一人擊倒。我們大多不願意去想這件事情。當然，我們也都接受死亡是會發生的，但我們所想的是，死亡是遙遠的未來才會發生的事情。這種思考方式……」旺波格西稍作停頓以便更能強調。

「……是不幸的。佛陀本人曾說，在一切冥想之中，關於死亡的冥想最為重要。好好思考自己的死亡，這不是病態，也不會令人沮喪，而且完全相反！唯有在我們能面對自己死亡的真實之後，我們才能真正知道該怎麼活著。」

「以為能永遠活下去那樣地活著，是浪費人生的悲劇……」他繼續說：「我的一個學生，一位因癌症第四期而受苦的女士，她去年差點兒就死掉。我去醫院看她的時候，臥床的她就像個虛弱的幽靈，全身接上了各式各樣的導管和儀器。不過，很慶幸地，她在這場對抗疾病的戰役中獲得了勝利。就在最近，她告訴我一件很有趣的事：這個病是她有生以來所收到的最棒的禮物，她說那是她第一次真實地面對了自己的死亡，直到那時她才瞭解到『僅僅只是活著』有多珍貴。」

旺波格西暫停了一會，讓聽眾有時間理解他這番話。

「現在，她每天醒來時，都深深地感恩，感恩能存在於此時此地，無病無痛。對她來講，每一天都像是『紅利點數』。她比以前更知足了，也更能與自己和平共處。她不那麼擔心物質上的東西了，她知道那些東西的價值都是短暫而有限的。她成為一個非常熱情的冥想者，因為她自己直接體驗過，無論身體上發生了什麼事情，『意識』一直都在。」

「『法』（Dharma）所給予我們的修練有助於管理我們的意識。不當『心理干擾』與『慣性思維模式』的受害者，我們就有寶貴的機會可以釋放自己，可以了解心念的真實本性。這些我們能夠帶走。

我們帶不走的是朋友、財產、親愛的家人。然而，能覺悟到『意識的真實』是無限的、光明的，並且超越死亡，這便是不朽的成就。我們要帶著那份覺知去了解，死亡並不是讓我們害怕的東西。」他的臉上露出頑皮的笑容：「我們會發現，死亡就像人生當中的一切那樣，都僅僅是一種概念而已。」

旺波格西將手舉到心臟前：「**但願我所有的學生都能夠有幾乎死去的體驗。絕對沒有比這個更好的喚醒裝置，更能叫人好好生活的了。**像邱俠這樣的學生也許不需要。邱俠是非常勤奮的修行者，他內心溫暖，更有令人不敢相信的好報可以在尊者身邊做了好幾年的事。我們這些有幸與尊者接觸的人都不應該低估這一點。」

我真是納悶，格西拉所講的最後這件事情是專門講給我聽的嗎？有時候，我在僧院（gompa）聽到他的聲音，他所說的大部份內容好像都是專門針對我而言呢。比起所有其他生物，我與達賴喇嘛在一起的時間多更多，這說明了我的業報又是如何的呢？

「我們將在誦經及冥想中繼續紀念邱俠，特別是接下來的七個星期……」旺波格西繼續說。他這句話所指的是：一般都認為意識停留在「中陰身」（bardo）的最長期間就是七個星期；中陰身是上一個存在結束和下一個存在開始之間的狀態。「而且，我們應該對他心懷感恩，因為他提醒了我們，生命是脆弱的，是隨時都有可能結束的。」他強調。

「在『法』裡面有個詞彙叫做『覺悟』。**覺悟是，我們對事物的理解已然深入到讓我們『改變行為』的那種程度。**我希望邱俠的死能幫助我們都得到這種覺悟，也就是，『我們都會死』。這樣的覺悟幫助我們更能放下一些執念，能體驗深切的感恩，甚至能有敬畏之心，以便好好活下去。我們不能拖延實踐正法的修行：時間很寶貴，我們必須明智地使用。」

「今晚在此的我們是全世界最幸運的，因為我們知道有修練方法能轉化意識，以及轉化我們對死亡本身的體驗。如果我們能像邱俠一樣專注地投入於此，當死亡來臨時，我們就沒有什麼好怕的了。而且，是在我們還活著的時候……多麼美好啊！」

第二天早上，我坐在窗臺上時，注意到丹增要比平常早半個小時經過前院。他不像往常一樣直接走進辦公室，而是走入廟中，在那裡他以冥想早課作為一天的開始。

接下來還有其他的改變。有一天他來上班時帶著一個奇形怪狀的箱子，並把它靠在邱俠以前坐的地方後面的牆上。我好奇地聞着它，好納悶裡頭可能會裝些什麼。它比筆記型電腦還要大一點，但是又比公事包窄一些，其中一面還有個奇特的突起。

午餐時間，丹增跑到醫務室休息。他通常就是吃個三明治，然後和我一起收聽英國廣播公司的全球新聞。不過，這一天，從醫務室緊閉的門後面傳出了怪異級數破表的噗嚕噗嚕和嘎吱嘎吱，還伴隨著非常尖銳的、快喘不過氣來的呼呼聲。後來，我聽到他告訴一臉好奇的洛桑說：「那把薩克斯風我放在家裡已經二十多年了。我一直都想學好吹薩克斯風。這是我從邱俠身上學到的一件事……」他對著邱俠以前坐的椅子點頭致意了一下。

「現在就是最好的時候，」洛桑同意道：「抓住今日，及時行樂。」

親愛的讀者，至於我呢？我既沒有吹薩克斯風的渴望，就連短笛也是想都沒想過，我可沒打算放棄在每日午餐時間走訪「喜馬拉雅．書．咖啡」呢。然而，邱俠的死是個重要提醒：生命有限；每天都是珍貴的，只是能夠健健康康地醒過來便真的是好福氣了。疾病和死亡可能隨時擊倒措手不及的我們。

即使我很早以前就知道這一點……畢竟，這也是尊者經常談到的主題。然而，「接受想法」與「改變行為」之間有著很大的距離。以前的我頗為自滿，但如今我已覺悟到健康又自由的每一天都是大好良機，可以去創造因緣與條件，以便擁有更美好的未來。

無聊？嗜睡？如果能記得「光陰似箭」的話，無聊或嗜睡就都與我無關了。我清楚瞭解到：要讓生命有真實的快樂並充滿著意義，首先，必須面對死亡。是真實面對死亡哦，不是只有概念而已哦。因為，在面對之後，黎明的天空將會出現前所未見的光輝，爐座上的環香將會前所未有地叫人陶醉，而咖啡館裡，煙燻鮭魚碎片佐芥末美乃滋醬的滋味也將會前所未聞地美味……就是好吃到令我不禁要舔嘴咂舌、貓鬚酥麻、尾巴颼颼亂甩那般地美味。

第五章

你很特別，你被愛著，你永遠不應該忘記我們對你的感覺，尤其是在你感到脆弱的時候。

來訪嘉賓：慈善教育基金會專員

焦點要放在可以改變的事物上面……

有一次，離尊者預定遠行的日子還有倒數四十九夜；然後大約在第三十五個晚上左右，我忽然想起某件事情已然自我的生命中消失。它慢慢地悄悄溜走，因此，直到它幾乎完全消失，我方才察覺它的離去。那就是……我很久沒有呼嚕嚕了。

每當丹增的注意力，從存放在檔案櫃裡與各國領袖的那些芝麻綠豆信件，轉移到躺在檔案櫃上方意義更為重大的我身上時，我還是會呼嚕嚕叫一下啦。此外，我對「喜馬拉雅．書．咖啡」所供應的美味餐點，也一直不遺餘力地發出各種語音信號。

然而，除了這些零星的、偶爾的呼嚕嚕之外，我上禮拜大多時候簡直是個啞吧啊。這樣對我可不好呢。這件事讓我回到我進行各種調查的核心問題：為什麼貓會呼嚕嚕？

答案似乎是顯而易見的，但相較於貓科動物的其他大多數的活動而言，呼嚕嚕實際上還是比外表上看起來要複雜得多的。是的，因為我們滿足了，所以呼嚕嚕。壁爐邊的暖度、膝蓋上的親密感、一碟牛奶的承諾……這些都可能激發我們的喉頭肌以驚人的速度震動起來。

然而，滿足感並不是唯一的啟動裝置。就好像人類的女生覺得緊張時可能會笑起來，而她想要喚醒你人性中善良的一面時一樣也會笑，因此貓會呼嚕嚕的原因也是同樣的道理……去看獸醫或者搭乘汽車都可能促使我們得呼嚕嚕地自我安撫一番呢。而在廚房裡，要是你的腳步領著你幾乎走到、卻又還沒完全到達貓咪唯一中意的某個櫥櫃前時，你可能也會聽到幾聲低沉粗啞的呼嚕嚕，同時我們的尾巴會繞著你的腿充滿暗示地捲起來，又或者會在你的腳踝處嗖嗖嗖地揮動著，以便表達我們命令式的懇求。

生物聽覺的研究人員會告訴你其他更迷人的事：貓咪呼嚕嚕的聲音頻率是消除疼痛、癒合傷口、促進骨骼生長的完美療法。我們貓族所發出的療癒性聲波正如同醫學上應用漸廣的電波刺激一樣，只不過我們是為了自己的好處，自然並由衷地產生的。（貓迷們請注意：萬一你親愛小貓咪的呼嚕嚕好像比平常多很多的話，那也許得帶她去一下寵物醫院了。她可能知道自己的健康有狀況了，可你還不知道。）

但是，除了這些導致呼嚕嚕的原因之外，還有另一個原因……大概也是最為重要的原因，是直到山姆．戈德伯格有一次忘了關門，我才了解到這個原因的重要性。

再也沒有什麼會比一扇門，向來堅決緊閉，現在卻是半掩半開的狀態，更引貓入勝了。有機會可以探索未知，即使要踏上禁地，這種機會我們向來都毫無招架之力……這就是為什麼，我會在某個下午正要出發回大昭寺時，為此遭到攔截而晚歸。

我從雜誌架上一躍而下時，便注意到書店區櫃臺後面的門是開著的，於是調整了計畫。我知道那扇門通往山姆樓上的公寓。法郎僱用山姆設立並管理書店時，他們談好的條件之一就是山姆可以使用樓上公寓，那裡之前一直被當作是倉庫。

我毫不猶豫地溜進門縫，迎面而來的是一道往上走的樓梯。樓梯又陡又窄，鋪設的地毯還發出霉味，而且要爬上去真的花了我不少時間。但是，我忽視我僵硬的後臀，不畏艱難地奮力爬向樓梯盡頭那第二扇門後流瀉而出的燈光，這扇門正半開著的，直通山姆的住處。

我還蠻常納悶的，山姆上樓後都在做些什麼啊？因為從我高高在上的角度看下去，他的工作似乎相當無聊。雖說他每天也會和顧客說說話，打開出版商托運來的新鮮貨，或者重新排列展示架上的書籍，但是他大多時候都窩在櫃臺後面，黏在電腦前。他到底都在做些什麼還真是一個謎。他和瑟琳娜說話時，有時會夾雜一些術語，像是庫存計畫啦，出版商目錄啦，還有會計系統什麼的。還有，他經常開玩笑說自己是個怪咖，一坐到鍵盤前面他反而解脫了。

可是，好幾個小時耶？每天都這樣？這就讓我更好奇，在樓梯的盡頭我會發現什麼呢！

山姆有顆有趣的腦袋，這是毋庸置疑的。諸如石窟壁上自發性顯現的西藏符號，或是耶穌和佛陀的傳記與教義之間的相似之處，人們在與他討論過這類話題後，經常會讚嘆說他真是個驚人的思想家。我不知道他的住處是否也會一樣有趣。

終於爬到樓上時，我還是在推敲著各種可能性。我想到這樣突然現身可能會嚇他一跳，所以挪動時格外地小心翼翼。側身穿過門和門柱之間時，我便發覺這裡面是間陳設簡單的大房間。鮮明的白牆上空蕩蕩的，連幅畫也沒有。房間的左側有張雙人床，床上鋪著一條褪了色的藍色羽絨被。右側的牆上有兩面裝了活動式百葉簾的木頭窗戶。正對門口，靠牆邊有張大書桌，桌上有三台大型電腦螢幕。山姆正坐在書桌前，背對著我。他四周的地板上都是交纏的電線和電腦相關設備。

所以，山姆就是這樣打發晚上時間的？把樓下螢幕前的位置換成樓上的螢幕前？房裡的一個角落是有個豆袋椅啦，但是從這些東西看起來，山姆大多數的時間還是花在電腦上。此刻他正在打一通視訊會議的電話，螢幕上有其他參與者指甲般大小的身影。我曾經聽他向瑟琳娜解釋過，說這是他和作家保持聯繫的一種方式，有時候還得想辦法哄哄他們，讓他們願意不遠千里來我們店裡一趟當面談談，或者來簽約。

既然山姆聚精會神在視訊會議上，那我就好好地四處看看吧。一組亮黃色的小圓球吸引了我的注意力，我馬上認出來這就是電視上體育節目播過的……高爾夫球！旁邊，靠在門框上的，是一根推桿。

我偷偷地走向這些小球。距離拉近後，我採取叢林野獸般的姿勢蹲伏下來，然後向球猛然撲過去，果然擊出一個高速滾地球，「啪」一聲響亮打中了對面牆壁的踢腳板。

山姆的椅子旋轉過來，他正好看到我用爪子包住另一顆球，張著嘴巴好像要咬它一口似的。

「仁波切！」他大喊道，眼光從我身上轉到開著的門。我嚇得抖掉了球，瘋了似地滿屋子倉皇奔跑，最後跳上他的床鋪。

他咧嘴笑了。

「發生什麼事了？」從某個喇叭傳出聲音。

山姆把攝影機鏡頭對準到我身上一下子，然後說：「意外的訪客。」

從世界各地傳來了一陣「喔……」「啊！」合唱。

「我都不知道你對貓有興趣哩。」是個說話帶美國腔的男人。

山姆搖搖頭：「通常是沒興趣啦，但這位相當特殊喔。你知道嗎，她是達賴喇嘛的貓。」

「而且會來你家找你？」有人問道，不可置信地。

「整個酷斃了！」另一人驚叫道。

「她好可愛哦。」又一人放低了聲音，顯得柔情萬千。

有好一段時間，群情激昂，每個人都暫停下來發表自己對這條全球重要新聞的看法。等他們回復正常對話後，我便回去玩高爾夫球。我以前都不知道高爾夫球原來堅硬到讓我覺得十分可靠。還有那種重量！現在我可是明白了，高爾夫球球手為什麼可以把球打飛得那麼遠了。

我彈出另一球，它滑過地面擊中一個黑色塑膠杯；而且，不只擊倒目標，接著又打中踢腳板反彈後，居然直直向我飛過來，害我嚇了一大跳，還好我及時往旁邊跳開。很明顯，打高爾夫在許多方面可能會有我料想不到的意外及危險。

玩膩了高爾夫球，我信步到走廊上，結果發現了廚房所在，不像大昭寺那些廚房總是有人在忙著，也總是可以聞到一股迷人的綜合香味。山姆的廚房乏味得很，也不好玩，也許是因為他大多在樓下用餐吧。我注意到垃圾桶裡有些空的啤酒罐和冰淇淋紙盒……實在沒什麼可讓我好奇的。

我四處亂走想看看其他房間，但是，沒有別的了。那時視訊會議上有人正在說：「心理學仍然是個剛起步的科學。佛洛伊德創造『心理分析』一詞也不過是一百年前的事。從那時候開始，焦點大多在幫助有嚴重心理問題的人們。是到了近年來我們才看到像『正向心理學』這種潮流，不再只是聚焦於從負十到零，而是從零到正十。」

「把我們的潛能極大化。」有人附和道。

「一種極致興盛的狀態。」有人補充道。

「我不明白的是，」山姆說：「為什麼，儘管有幾十年的研究了，卻好像還找不到快樂的公式？」

我停了下來。快樂的公式？聽起來就像山姆會說的話，他總愛說什麼計畫啦、密碼啦、演算法之類的，就好像快樂可以被物化縮減成一份科學數據般。

「是有一個方程式，」山姆的螢幕中央那個人說：「但是就像大部份的公式一樣，需要解釋一下。」

真的？我不確定達賴喇嘛是不是知道有這種公式。但是，可能有這種東西的存在，這種概念就足以讓我豎起耳朵了。

「這個公式是 H ＝ S ＋ C ＋ V，」那人說道，並透過鍵盤輸入文字，讓這些文字顯現在螢幕上：「H 快樂，等於 S 所謂個人的『生物設定點』（biological set point），加上 C 你的『生活條件』（conditions），再加 V 你的『志願行動』（voluntary activities）。

根據這個理論，每一個個體都有自己的『生物設定點』，或說『快樂平均值』。有些人天生就是樂觀愉快，他們會落在鐘型曲線的一端。其他有些性格陰鬱的人則落在另一端，而我們絕大多數的人則落在中間部分。這個設定點是我們個人的標準，是我們主觀的身心暢快狀態的基準點，也是我們在經歷人生的勝敗悲喜，以及生活中每天日常的起起伏伏之後最容易回歸的基準點。中了樂透獎可能會讓你快樂一陣子，但是研究顯示，最後你大概還是會回復到你的設定點上。」

「有辦法可以改變那個設定點嗎？」有個帶英國腔的女性問：「還是說我們就只能卡在那個點上？」

我從地面跳到床上，又從床上跳到書桌旁，這樣才能聽得更清楚他們討論的內容。

「冥想，」有個頂著閃亮光頭、容光煥發的人說：「冥想有強大的影響力。已有研究顯示有經驗的冥想者，他們的設定點總是超出標準值。」

對，我在想，尊者肯定知道這些事情。

「回過來看『生活條件』C，」剛才解釋設定點理論的人繼續說：「我們的條件之中有一些東西是我們無法控制的——譬如說性別、年齡、種族、性取向。這些因素可能會對你的快樂平均值造成巨大的影響，也可能不會，這要看你誕生在什麼國家或地區而定。」

「至於說 V，是『志願行動』的許多變數，」他說：「則包括你選擇去追求的活動，好比運動啦、冥想、學習彈鋼琴、參與某種事業。這樣的活動需要持續的專注，意思就是說，你培養這些活動的習慣和你去開一輛新車，嗯，或者交到新女友是不一樣的，不會在新鮮感消失後就失去興趣。」

這段話引發了世界各地傳來的笑聲。

他繼續說：**「這條快樂公式整個全面地看起來，我們可以發現儘管有些東西是無法改變的，但是仍然有可以改變的部分。所以，我們的關鍵焦點應該放在可以改變的事物上面，這樣做對你的身心健康才會有正面的影響力。」**

遠方傳來的鐃鈸敲打聲，還有西藏長號角（洞欽）的強勁呼聲提醒了我，當日尊勝寺正在舉行的儀禮。為了向幾位順利完成十四年學業，剛剛獲得學位的「格西」們表達敬意，所有的比丘都應邀前來享用慶功宴。根據過往經驗，我早已知道像這樣的場合，待在寺院廚房的附近總是可以大有所獲的。

我從山姆的書桌跳下來朝樓梯走去時，一再回想那條快樂公式，觀點很有趣，而且與達賴喇嘛常說的也沒有什麼不一樣，西方的現代研究與東方的古老智慧似乎都來到了相同的地方。

幾天之後，布蘭妮・維冷科西（Bronnie Wellenksy）來到咖啡館，要在公布欄貼一張新傳單。布蘭妮，二十幾歲，一個教育慈善機構的加拿大籍專員，她會利用咖啡館的公布欄張貼一些活動海報給觀光客看，也會宣傳一些活動，像是工藝中心之旅，還有當地藝人舉辦的音樂會。她的齊肩長髮永遠蓬鬆凌亂，她總是忙個不停，而有她在也總是歡樂、熱鬧的。雖然她待在達蘭薩拉的時間才半年左右，但是已經與各方建立了非常好的關係。

「這工作非你莫屬。」她一邊把傳單釘上公布欄，一邊大聲對山姆說道。

山姆從螢幕後方抬起頭來查看。

「是什麼工作？」

「我們需要志工老師來教當地青少年基本的電腦操作。這會大大增加他們找到工作的機會。」

「我已經有工作了。」山姆答道。

「這份兼差非常輕鬆，」布蘭妮說：「一星期大概兩個晚上……就算只有一個晚上也是很棒的。」

她把傳單釘在一個明顯的位置後，便走向書店區。

「我以前從來沒有教過誰，」山姆告訴她說：「我是說，我資格不夠。要從什麼地方教起我真的沒概念。」

「一開始，」她用燦爛的笑容回應了他不肯定的表情，並接口說道：「從未教過學生，這個一點都不打緊呢。這些孩子們什麼都不知道。他們自己家裡也都沒有電腦。你只要能給他們一點什麼知識都會非常……嗯，就是很棒的。很抱歉，還沒請教你的大名，」她說道，並把手伸過櫃臺的上方，「我叫做布蘭妮。」

「山姆。」

他與她握手時，看起來好像是第一次留意到她這個人似地。

「我常看到你在電腦上工作。」她說道。

「怪咖一枚。」他舉起雙臂做投降狀。

「我不是那個意思啦。」她愉快地說。

「但的確是如此。」他反駁著，聳一下肩膀。

她迎向他的目光又接著說：「你可能還不知道你對這些孩子們會有多大的幫助，你覺得理所當然的東西對他們而言可能會大有啟發。」

我知道山姆不願意當志工最有可能的原因是什麼。以前，他曾經告訴法郎和旺波格西兩人，他反正不是那種「人緣好的人」，而現在布蘭妮正要求他站到人群面前教電腦。

「在所有你能做的志願工作當中，這件工作可以將你的才能運用得最好。」布蘭妮還沒將眼光從他的雙眼移開，也還在溫暖地微笑著。

正是那個 V 字奏效了，志願（voluntary）行動。布蘭妮一點兒也不知道她剛才帶進來的是快樂公式裡的重要變數之一。

「我當然也會幫忙的。」她表示願意。

她看得出來他的抵抗已經開始瓦解了嗎？

「馬路對面那家網路公司會捐出一些設備，」布蘭妮解釋道：「而且課只有一小時，黃昏的時間。基本的文書處理，也許加上試算表……那類的操作。」

山姆在點頭了。

「噢，請你說你願意！」她催促著。

山姆的嘴角出現笑容的線條，「好啦，好啦。」他說道，眼光往下看向櫃臺：「我會去啦。」

山姆很認真看待這件教電腦的工作。他很快就下載一些教導初學者的教材資料，也看了 YouTube 上的教學竅門影片，還做了重點筆記。有好幾次在咖啡館的空檔時，我聽見他詢問侍者們這個字或那個概念：這樣講印度小孩能不能懂呢？

我不知道山姆的第一堂電腦技能課程是什麼時候開課的，肯定是我已經回到大昭寺的家的某個黃昏吧。但是，很快便可察覺到在他身上出現的一些改變。他在書店櫃臺後方的時間變得比較少，花在與顧客交談的時間卻變多了。他的身體姿勢也有了改變，不知怎地，他看起來高大多了。

他的第一個班開得好到可以繼續開下一期，我是從布蘭妮所做的評語中得知這件事情的，有一天上午她來咖啡館找他。

「你昨天晚上很棒耶。」她告訴他時，眼睛閃閃發光。

「噢，只不過是……」

「被問了兩個小時問題！」她邊說邊大笑：「真是前所未見耶。」

「每個人好像都玩得很開心。」

「包括那個不會教書的怪咖嗎？」

「對啊，他也是。」

「我覺得，他是特別開心的……」她身體靠向櫃臺，握住他的手，然後說了一些話後，他突然爆笑起來。是的，是山姆，他在捧腹大笑。如果不是我碳黑色的耳朵親耳聽到，我是絕不會相信此事的。

親愛的讀者，事情發生了。某件以V字開始的、卻不會就此打住的事情——如果憑我的貓科本能就可以行走江湖的話，我敢說……事情的確發生了。

是在每晚收工的熱巧克力聚會中，我的直覺得到了證實。恰巧，那晚洛桑也在書店裡。瑟琳娜要他一起聚一下，他也接受了邀請。山姆瞧見洛桑和瑟琳娜並肩坐在沙發上，便開門打算上樓去了，他上樓時咚咚咚地走得好響，從樓上隱約傳來交談的低語，然後是他下樓的腳步聲，隨後好像有另一人跟著。

是布蘭妮！我兩眼發直瞅著她，當場就被迷住了。那是我第一次見到她的秀髮又直又亮，臉龐也因為化妝而有了變化。她穿著貼身牛仔褲，還套著一件漂亮的上衣。

「這位是布蘭妮，」山姆說道，正把她介紹給洛桑。不需要介紹給瑟琳娜，因為她們早已認識。「我女朋友。」他補充道。

布蘭妮盯著他瞧，表情很可愛。

山姆眉開眼笑地。

洛桑兩手在胸前合十，並鞠躬致意。

瑟琳娜則輕輕笑著說：「我為二位感到非常高興喔！」

他們全都坐下來後，庫沙里便以熱巧克力、狗餅乾和我的牛奶碟子揭開了收工聚會的序幕。

洛桑面露平靜的微笑，先看著布蘭妮，又看著山姆，然後問道：「你們倆是在哪裡認識的？」

「我在幫我們電腦培訓計畫找志工老師，」布蘭妮答道：「我們想要讓這裡的孩子預備好電腦工作能力，結果山姆就上場了。」

山姆露齒而笑：「這也是一種說法啦。不過，她那時候不接受『不要』這種答案啊。」

「你隨時想要停課都可以啊，」她揶揄道。接著，她看向瑟琳娜和洛桑，又說：「他才不會呢。他教得很棒，孩子們都好愛他呢。」

山姆看向地板。

「他們甚至幫他取了名字。」

「不要講！」山姆說。

「是他來上課的第二個晚上，還是……第三個？」

「布蘭妮！」

「……他們決定要叫他『超級怪咖』。當然囉，是因為很愛他，跟他說笑而已啦。」

瑟琳娜笑了起來：「當然當然。」

布蘭妮沒完沒了地又說：「他傳達訊息的方式很棒噢，就像是看到燈泡『啪』地亮起來那樣噢。」她說到最後還用大拇指和中指彈了一下。

「我只是跟著線上課程的指示操作而已。」山姆略為抗議道。他覺得有必要緩和一下她激昂的情緒，不過，當他往後靠到沙發背時，似乎也相當享受能成為焦點。

「比起科技的東西，更為重要的是，」布蘭妮繼續說道，同時也伸手去握住山姆的手：「你給了他們自信心。那種感覺是，不論他們有什麼不知道的，一定都能夠輕鬆學好。那真是無價呀！」

「那麼，你已經找到真正的天職了。」洛桑評論道。

山姆點了點頭：「對啊。我是說，雖然我喜歡書籍，但是教書我也很喜歡，就好像打開了一整個嶄新次元。多謝布蘭妮。」

「你的意思是，多謝那個『公式』吧。」她挖苦道。

「公式？」瑟琳娜問道。

「山姆總是說他是因為我非要他做，他才做的。」布蘭妮說：「但是後來他有承認說，當志工是某個快樂公式中的一項變數。」

「這個非常有趣哩，」洛桑說：「山姆，請你告訴我們這個公式。」

山姆開始解釋生物設定點、生活條件和志願行動這些變數。我喝完了牛奶，洗過臉，便跳上瑟琳娜的膝蓋，安坐下來之前還先試探性地揉它幾下看看。

山姆解說完畢之後，比起以前，他更具權威感了。

洛桑說：「所以，對你來說，你的V……志願行動，就是幫助你的學生，讓他們能找到工作？」

山姆點了點頭。「沒錯。」

「我們剛剛談妥了一家公司，他們要錄用我們班的前三名學生。」布蘭妮說道。

「這個例子真是妙極了！」洛桑說著，還高興地拍拍手：「我喜歡的是，藉著利益他人，你們二位……」他作勢意指山姆與布蘭妮成為一對佳偶，「也受益了！我聽過一首詩，好像有點關聯，是關於『工作成為了實實在在的愛』。」

他開始朗誦：

從心引出的線，用來織布，宛如是要給你摯愛之人穿的那樣；
用情感去建造房屋，宛如是要給你摯愛之人住的那樣；
柔情播種，歡喜收割，宛如是要給你摯愛之人嚐的那樣。

「真的好美啊，洛桑，」瑟琳娜說道，愛慕地望著他：「密勒日巴（Milarepa）？」她問道，提到了一位以詩聞名的佛教聖人。

洛桑搖搖頭：「是哈利勒・紀伯倫（Kahlil Gibran）。我喜歡他的詩作。」他回味著剛剛所吟誦的美妙詩句，一臉出神的模樣。

「他也是我很喜歡的一位詩人，」山姆同意道，「不過，佛教比丘會喜歡，這倒是有趣。」為了回應餐桌上眾人不解的神色，他又補充：「紀伯倫有許多作品都很浪漫，帶點肉慾。」

「是的……」洛桑沉思道。他沉默了一會，又說：「有時候我會在他的詩句中感到迷失，而忘記了我是這個，或是那個。最後我會想，也許也沒必要當比丘了。」

他說的話出乎眾人意料之外的坦白。這是第一次看到他有種令人好奇的脆弱感。

瑟琳娜伸出手，抓緊了他的手。

我從她的膝上舉頭望向洛桑，開始呼嚕嚕起來。

的確，親愛的讀者，那就是我們貓族呼嚕嚕的另一個原因。可以說，那就是最重要的原因了：為了讓你開心。呼嚕嚕是我們的V（志願行動），是我們的方式，用來提醒你：**「你很特別，你被愛著，你永遠不應該忘記我們對你的感覺，尤其是在你感到脆弱的時候」**。

還有，呼嚕嚕也是我們的方式，用來確保你的健康。研究顯示，擁有貓族的陪伴讓人類消除壓力，降低血壓。和活在一個無貓世界的人比起來，養貓人士在相當大程度上較不可能有心臟病發作。若你喜歡，你可以稱之為「呼嚕嚕的科學」。雖說科學和藝術並非總是相關，但是在本案例，他們以一種令人難忘的方式彼此交會了。

當我坐在瑟琳娜的膝上時，我回想起哈利勒．紀伯倫的話，呼嚕嚕得就更起勁了。這位偉大的詩人曾經有過貓族伴侶嗎？我好納悶啊。如果他有，那麼關於貓會呼嚕嚕的原因，他會怎麼寫呢？有可能是像下面兩行寫的這樣嗎？

因為，坐上的是你摯愛之人的膝，

所以，你要做的是療癒身體、撫慰心靈、給予歡心。

第六章

所謂的「世界」是一場幻象，就像飄過天空的雲朵，而在那外表後面的實相，卻是如此輝煌遼闊，令人歎為觀止。

來訪嘉賓：瑜伽師塔欽

會發生在你身上的事情……端看你自己的行動，還有你所創造的業和條件而定的。

熟悉的人語，配合著手鐲串相互碰撞的輕巧打擊樂聲，將我從餐後的義大利式午睡中喚醒。春喜太太為咖啡館帶來一則振奮人心的消息：「他已經出關了！」

她和瑟琳娜站在離我不遠的地方，就在雜誌架旁邊。

「有十年了啊？」瑟琳娜的表情混雜著驚奇與喜悅。

「十二年了。」她的母親糾正道。

「我上一次見到他是……」瑟琳娜翻起眼睛往上瞧，努力要想清楚：「……是我去歐洲之前。」

「是啊。」母親用義大利文同意道。

「是誰跟妳說的？」瑟琳娜問道。

「桃樂絲・卡特萊特啊。我今天早上順道去看她一下。她好忙，忙著準備東西。」

「所以，他會待在……」

「是囉，在卡特萊特太太家啊！」春喜太太的眼睛亮了起來。

「那他什麼時候會……？」

「今天！」春喜太太的臉頰漲紅了：「他已經從馬納利（Manali）出發了。」

這位讓她們興奮不已的焦點人物，我後來才知道，正是瑜伽師塔欽（Yogi Tarchin）。他的瑜伽師稱號並非來自正式授與，而是多年來他身為冥想大師的能力先是受到肯定，後又逐漸獲得眾人敬重，因此自然得到的一個非正式稱呼。

這位瑜伽師對於冥想式生活的傾向，從他還是個成長在西藏安多（Amdo）省，才五、六歲的孩子之時就已經非常明顯了。他不會像同齡的孩子般成天在田野上奔跑，也不會玩他父親手作的木製玩具，而是孤身一人走到屋後山邊的小洞穴裡，坐在大石頭上，念誦曼陀（Mantras，真言）。

他二十幾歲的時候就已經做了他個人的第一次全面閉關，依照傳統方式與世界隔離了有三年又三個月零三天之久。從此以後，他又進行了多次的閉關。他也曾經歷過很大的人生不幸，在將近三十歲的時候失去了妻子及兩名幼子；他們搭乘的一輛巴士摔落山谷，乘客無一倖免於難。

瑜伽師塔欽閉關的贊助人是麥羅甘吉的卡特萊特家，他們家女兒海倫是瑟琳娜的朋友。瑟琳娜還只是個十歲的小女孩時就在路邊茶水餐車認識了瑜伽師塔欽，而她即刻注意到這位瘦小，又謙卑到有點窘迫的叔叔。在當時，儘管他的英文程度相當有限，然而，她所感受到的是他的「臨在」，一如許多人那樣……不只是他棕色瞳孔裡的溫暖，還有他傳達出一種超越時空的感覺，難以用言語形容。

在他身旁，我們可以領悟到，所謂的「世界」是一場幻象，就像飄過天空的雲朵，而在那外表後面的實相，卻是如此輝煌遼闊，令人歎為觀止。

因為卡特萊特和春喜兩家是好朋友，瑜伽師塔欽也會到春喜家接受款待。他在拉達克、不丹、或者蒙古長住後，只要一回來，總是會撥些時間見見春喜家人。即使他作為冥想大師的聲望日隆，門外求見他的人大排長龍，來自世界各地的僧侶及練習冥想的學生也都紛紛前來尋求他的指導或祝福，他仍舊如此。

關於瑜伽師塔欽的故事說來都是傳奇。塔欽曾經出現在一個弟子的夢境，堅持要他回家探望老母。結果，他翌日一早便立即啟程，花了兩天的時間回到阿薩姆邦。回到家裡也沒發現有什麼不對勁的……他的母親身體健康，平日的活兒做著也挺舒適的。可是，他回到家的第二天，他們住的那一區突然有暴風雨肆虐，導致山洪暴發，接著又引發土石流。他母親安穩住了半世紀建在山坡上的屋子，突然間就被撼動得鬆了開來，隨土石流走，這場災難真是險象環生。要是這名弟子沒有在母親身邊保護她，她幾乎可以說是必死無疑了。

另一個故事則是有個弟子，他在拉達克的某個洞穴完成了三個月的獨自閉關，回到自己的寺院後，有人問他這段時間是誰給他送食物去的？「是瑜伽師塔欽。」那弟子回答道。原來塔欽定期去給他上課時，順便也會送吃的給他，這看起來好像稀鬆平常，直到其他比丘告訴他，那三個月瑜伽師塔欽一直在五十英哩外的廟裡（gompa，貢巴，喇嘛寺）教他們冥想課程啊，而且一堂課都沒有請過假！然而既無道路也無任何交通工具，瑜伽師塔欽能夠跨越這麼遙遠距離的唯一可能是他已練成「神行者」（lung-gom-pa）的功夫；這是修練高深者的作法，他們能夠不費氣力，以超人的速度來回相隔遙遠的兩地。

（譯註：lung 是氣，gom 是冥想或專注力；「神行者」（Lung-gom-pa）獨身隱居三

年，透過冥想和呼吸訓練，能駕馭體內的氣練成某種輕功，可以超越身體極限。「神行者」據說可以日行兩百英哩，連跑兩日無需歇息。德籍佛僧在其著作《The Way of the White Clouds》中載有訓練細節。）

另外還有位美國籍的慈善家，他為瑜伽師塔欽幫忙修建的一間西藏學校籌募捐款。這位捐贈人想要在他來印度的四個月期間，親自將捐款交予瑜伽師塔欽，但是塔欽卻告訴他先把錢換成澳幣。捐贈人雖然覺得這個指示有點奇怪，但也知道與其質疑塔欽，還不如一字不差地照做。接下來三個月，澳洲貨幣升值了十五個百分點，然後到了某個時間點，瑜伽師塔欽又發了一則訊息說「錢現在可以兌換成印度盧比了」。不僅僅是外匯，在語言、商業，以及他選擇投入的世俗活動方面，塔欽的才能都是大家公認的。塔欽也許沒有花很多時間在這個塵世，卻知之甚詳。

瑜伽師塔欽在藏傳佛教體系中只是個普通信徒，有時也稱為「居士」，他必須維持自己的生計；所以，過去他是趁閉關之間的空檔做一些辦公室工作。他的主要任務一直是冥想，而近年來連續四次、每次三年的閉關都由卡特萊特家負擔他簡約的需求。因此，已經有十二年，沒人見過瑜伽師塔欽了。如果在這段時間之前他就已經能夠有如此驚人的成就，那麼在這段期間之後，他還會達成什麼更大的成就呢？

會問以上問題的人，瑟琳娜絕非唯一的一個，我一回到大昭寺就發現了，在行政助理辦公室裡，丹增和洛桑也在討論關於瑜伽師塔欽的事情。他們不知道他計畫留在麥羅甘吉多久，但是他們會寫封信邀請他待到至少達賴喇嘛回來之後，尊者肯定非常想要再度與他見面的。

翌日上午，我坐在廟宇那邊日光浴，比丘們也都來參加晌午的冥想課程。有好幾次我聽到瑜伽師塔欽的名字被提起，還有關於他法力驚人的故事，就在那時，我便暗自決定要親自去會會這位瑜伽師。道聽途說，或是二手報導都不錯啦，但是不可能像坐到他的膝蓋上直接體驗，並感受他到底是怎樣的一個人那麼好。瑟琳娜已經安排好面見這位神祕人物的時間，她童年時便與瑜伽師塔欽及佛教很親近，然而她後來留在歐洲的歲月卻讓她對自己充滿了懷疑，也對她的修練造成阻礙。此外，她還有諸多私事需要他的忠告呢。

這就是兩天後我發現自己出現在卡特萊特家裡的原因。他們家離尊勝寺不遠，是一棟很大的老式別墅，天花板是包錫箔的，拋光地板上覆蓋著織功繁複的印度地毯。之前，桃樂絲．卡特萊特來到「喜馬拉雅．書．咖啡」時，已和我打過無數次照面了，她此刻看到我緊跟著瑟琳娜的腳步要進來可能會很訝異，但她要是當著我的面關上門，那就像是禁止尊者進入一樣。

不一會兒，瑟琳娜便脫下鞋子，輕叩著一扇原木房門。我注意到她的雙手在微微顫抖。

聽到瑜伽師塔欽的傳喚聲後，她轉動黃銅門把，走進了一個好似來自另一年代的空間。這房間又大又空曠，只靠三個狹窄的格子窗如金條般地照亮室內，並為在坐臥兩用的低沙發上盤腿而坐的瑜伽師塔欽灑上一層飄逸脫俗的光輝。他穿的深紅色襯衫已然褪色，但是其黯淡色調及尼赫魯式立領，令人將注意力拉到上方的臉部，那是一張很平靜，也看不出年齡的臉。當他的深褐色眼睛看到瑟琳娜時，有種溫暖點亮了他的臉龐，房間裡的空氣似乎也歡欣地舞動起來。

瑟琳娜在瑜伽師塔欽面前的地毯上跪了下來，將雙手帶到心臟位置，她深深地一鞠躬。他傾身向前，兩手緊握住她合十的手，並用額頭輕觸她的額頭，他們就這樣維持了良久，然後瑟琳娜的肩膀抽動起來，淚珠滾落她的臉頰。

最後，她坐正起來，望著他純粹慈悲的凝視，他們倆一起坐著的時候，是不需要語言的。他們再次更深地抱住對方時，對話完全是多餘的。

接著，瑜伽師塔欽說話了：「我親愛的瑟琳娜，妳帶了誰一起來啊？」

她轉過身來，看著坐在門邊上的我這個方向。

「我覺得她想要見您。」

他點了點頭。

「她非常特別。」瑟琳娜告訴他。

「我知道。」

「她是尊者的貓，」瑟琳娜解釋說：「但是尊者出國時，她就很常跟我們在一起。」

她停了一下後問：「您……允許？」

「通常是不准的，」他說：「但是，看在她是妳小妹……」

小妹？聽人說瑜伽師塔欽就像其他證悟的大師一樣，是個千里眼。或者，他這樣說只是一種比喻？但無論是哪一種，反正我不需等他進一步邀請了。我開始向他走去，跳上他的低沙發，在他的襯衫上嗅聞著。聞起來是雪松的味道，還摻有一點點皮革味，就好像在衣櫥裡掛了很長一段時間似的。

光只是待在瑜伽師塔欽身邊就已經是超凡的體驗了，他很像尊者，似乎也散發出一股特殊的能量。除了一種海洋的平靜感之外，他也傳達了一種超越時空的感覺，這種崇高智慧的狀態此刻存在著，似乎一直以來都存在著，而且未來也會永遠存在著。

他問到瑟琳娜的母親時，我剛好也確認了他的膝蓋的確是我想要上去坐坐的那種，我就在他腿上鋪著的毯子上安坐下來，他輕柔地撫著我，他的手逆著我的毛衣的觸感帶給我全身滿足的顫動。

「十二年的時間是如此之長，」瑟琳娜說：「連續四次閉關。我可以問問，你為什麼決定要連續做嗎？」

黃昏的大氣層傳來一陣布穀鳥的叫聲。

「因為我可以，」瑜伽師塔欽簡單說道。接著，他看到瑟琳娜困惑的表情，於是補充說：「那是最珍貴的機會。誰知道我何時能再遇到如此良機？」

她點點頭。她正思忖的是十二年沒有和人聯繫，沒有電視、收音機、報紙或網路，會怎樣呢？十二年不曾外出用餐或娛樂，沒有過生日、耶誕節、感恩節或其他節慶，又會怎樣呢？大多數的人會認為這樣子剝奪自己的感官覺受是一種折磨。然而，瑜伽師塔欽是心甘情願去做的，而這樣做帶給他的超然效果也極其明顯。

不過，又有個更加負面的情緒暗流正困擾著瑟琳娜：「我想，對資深的冥想者而言，」她欠身向瑜伽師塔欽致意，「這樣子訓練十分有用。但是對像我這樣的人而言……」她好像無法讓自己表達出內心的不同聲音似的。

帶著微笑，瑜伽師塔欽傾身向前並觸摸她的手，「醫生或急救人員，」他問道：「哪一個比較好？」

這問題讓她感到訝異。

「醫生吧，」她馬上回答了，接著又猶豫起來：「但是，如果所需要的照護工作不那麼複雜……」

「其實兩個都有用。」他指出了答案。

她點了點頭。

「接受急救訓練要花多長時間……幾天？而培養一個醫師呢？」

「七年，專科醫師還要更久……」瑟琳娜說道。

「那不是浪費時間嗎？要花上七年時間？他們不也可以在幾天內就出去幫助人們嗎？」

瑟琳娜試著要理解他剛剛所說的真正意思，沉默了好一會兒。

「所有這些冥想者，」他說道，並做了個手勢，意思是涵蓋了喜馬拉雅地區，甚至更遠的冥想者：「他們為什麼不去做點慈善工作？這是某些人的想法。他們不要一整天都屁股黏在坐墊上嘛，去為遊民派發食物、建造居所，這樣不是好得多？」

瑟琳娜因為瑜伽師塔欽直接了當的提問而咯咯笑了起來。

「能夠行善幫助人類和動物是非常好的。這種好處就像是急救那樣。但要永遠消除痛苦，則需要不同的作法——『心念』（mind）的轉化。要幫助別人做到這一點，首先我們必須移除正在蒙蔽自己心念的東西。然後，要像醫生那樣，我們助人的能力才會愈來愈強。」

「有些人會認為，這些都是空談而已，」瑟琳娜說道。有機會可以坦白討論她的疑點，她顯得很高興：「他們會說意識只是有在運作的大腦，所以經歷生生世世的轉化那種概念……」

瑜伽師塔欽點點頭，眼裡閃著光：「是的，是的……唯物主義的迷信。但是，東西如果不是本身已經具備某種特性，又怎能產生這種特性呢？」

瑟琳娜的眉毛糾結起來說：「聽不懂。」

「石頭能創造音樂嗎？電腦能感到悲傷嗎？」

「不能。」她同意道。

他立刻點點頭：「血與肉能產生意識嗎？」

她花了好一會兒沉思著。「如果大腦不能產生意識，」她說：「那為什麼大腦一受傷，心智也會跟著受影響呢？」

瑜伽師塔欽咧嘴笑開，並往後靠在他的墊子上一會兒，「很好！妳的提問很好！告訴我，如果妳家的電視機壞了，除了黑黑的螢幕外，什麼都看不到，這意思是電視節目也沒有了嗎？」

她笑了，但他並沒有在等答案：「當然不是啊！如果大腦受傷了，那大腦當然會影響意識所經驗到的東西，也有可能意識就完全無法去經歷什麼了。但是，大腦只是像接收器、電視機那類的東西，把大腦和意識這兩個東西混淆在一起並不太恰當。」

「如果有人對你說：『啊，心念就只是大腦罷了』那你可以要求他們，『請告訴我記憶存放在哪裡？』，他們一定會承認說：『我們不知道』，雖然科學家研究經年，所費不貲，但是從未能發現記憶貯存在大腦的什麼地方。而且他們是永遠都找不到的，因為記憶並非以物質形態儲存！科學家已在動物身上做過很多實驗，破壞他們認為是記憶儲存區的大腦部位。可是，動物卻還是記得。

神經科學家、心理學家、哲學家……對於『心念』他們都有自己的想法。但是想法就只是想法、概念而已。概念並非『那個東西』本身。**如果我們想要了解『心念』到底是什麼，我們必須直接去體驗它，去獲得第一手的經驗。**」

「用冥想？」

「當然啊，有些人會害怕，不敢做……他們擔心說，一旦體驗到『沒有思想』的心念，那他們的存在就會停止……就會像一縷青煙般消失了！」他笑道：「但是，思想就只是思想。思想會出現、持續、消失。當我們能夠穩處於原始純樸的覺知中，不受已消失的思想，也不受即將升起的思想所影響時，就能夠親眼看到自己的思想，就能體會到思想的特性。只因為描述這些特性很有難度，並不能說『心念』就沒有任何特性。」

瑟琳娜看起來困惑極了：「您的意思是？」

「妳能不能描述巧克力的特性？妳能說巧克力很甜、在嘴裡會融化、有不同口味，但這都只是想法而已……只是概念，用來指出某個在本質上並非概念的東西。同樣的道理，我們可以描述心念的特性，說心念本質上是無邊無際的、光輝燦爛的、寧靜的、全知的、充滿了愛的、慈悲的。但還是一樣……」他聳了聳肩說：「這些都只是文字，想像出來的文字。」

「我想我們大多數人所想到的身體與心念就是這樣……」瑟琳娜說道，用手指了指自己的身形。

瑜伽師塔欽點點頭：「是的。懷有自我限制的信念，認為自己只不過是一堆骨頭，而非無窮的意識；相信死亡即是終點，而非一個轉換的過程；這些都是不幸的誤會。最糟糕的是，不去理解身體、言語和心念的每一個行動會如何影響你未來對『真實』的體驗，這個未來甚至超越現在和此生。諸如此類的信念讓人們浪費掉非常寶貴的人體生命這個機會……我們的心念又比人體生命深廣得多。」

「是全知的嗎？」瑟琳娜問道。

「我們有那種潛能。」

「千里眼嗎？」

他聳聳肩：「有些人拿這個大做文章。其實，在不受蒙蔽阻礙的心念之中，千里眼會自然發生。」

「那做夢呢？」

「對於易受影響而煩憂，也未經訓練的心念，夢就只是個夢。除非有那種好運，能遇上一位導師來破除心念紛擾……」

有一會兒他沒有繼續撫著我，我轉過頭，向上盯著他瞧，直到他又開始撫摸。

「對於受過訓練的人而言，睡眠提供了一個很棒的機會。當你在做夢的時候知道自己正在做夢，這讓你能夠控制這個夢……我們能夠把自己的意識投射到不同領域的經驗之中。」

瑜伽師塔欽回顧了一下瑟琳娜這些問題背後的共同主旨，然後問道：「為什麼會問千里眼和夢境這類問題呢？」

她往下看著自己交握在膝蓋的雙手。

「我認為，或許還有些什麼別的？」他補充道。

我見她很快地瞥了他一眼，雙頰緋紅：「我是在猜想……」

瑜伽師塔欽保持著沉默，完全的靜止。房內唯一的動作是，正在窗邊燃燒的一支線香慵懶地盤旋而上的一縷銀絲煙霧。

「我幾個月前才從歐洲回來這裡……」瑟琳娜開始說道。

「嗯，嗯……」他確認著，好像對此很清楚，也鼓勵她繼續說下去。

「我的計畫是回家來休個假。但是，在這裡的時候，我就開始質疑我要回去歐洲的理由。我認為如果我待在這裡，應該會比較好，也會比較快樂。」她看向他的雙眼。

「非常好。」他說道，似乎相當肯定她所做的決定。

「可是我又不確定。您想想，我單身，我不知道達蘭薩拉是不是對的地方，在這裡碰不到那種人……」

「我明白了，」在她最後拖長的語音後面，他溫和說道。突然間他的臉上閃過一絲調皮的神采：「妳是要我當算命的？」

瑟琳娜露出一臉苦笑。她把兩手放在心臟前方合十並說道：「您具備那種條件的……」

「這種禮數，」他伸出食指搖了搖說：「是不必要的。**會發生在妳身上的事情是看妳自己的行動，還有妳所創造的業和條件而定的。**」

「喔。」她的嘴角下拉，「我以為你可以看到別人的人生。」

瑜伽師塔欽回應她的失望說：「妳沒有理由需要擔心。」他這樣告訴她。

她懇切地注視著他：「你看到我的未來有孩子嗎？我現在都會想到一些很不一樣的生活……」

她的提問懸浮在午後暖呼呼的空氣裡，瑜伽師塔欽只簡單告訴她：「妳已創造了非常快樂幸福的因緣。」

無言地，他傳達了「一切都好」那種深刻的感覺。

瑟琳娜往後一坐，肩膀也鬆了下來。

他們的談話有一會兒轉到了「喜馬拉雅．書．咖啡」的營運情形，還有就是瑜伽師塔欽計量待在麥羅甘吉幾個月並授課的事情。然後，談話接近尾聲了。瑟琳娜先感謝瑜伽師塔欽與她共渡這段時光，接著他握著她的雙手並感謝她重新與他連結。

瑟琳娜一起身，我便從瑜伽師的膝上跳開，並跟著她走過地毯。房裡的光線現在更幽微了，原來的三個黃金窗格已轉為銀色，但房裡仍然充滿能量，生機勃發。瑟琳娜離去時的感覺是，在某種深刻的程度上來說，**一切都很好，而且未來也將會很好**。

瑜伽師塔欽送瑟琳娜到門口，並看著我們走下門廊。我輕手輕腳走在瑟琳娜身後，毛茸茸的灰色尾巴高高舉起。最後，當瑟琳娜走到角落處要轉彎時，他大聲說道：「是妳認識的人！」

她停下來，轉過身問：「您是說，在達蘭薩拉這裡？」

他點點頭說：「嗯，我剛剛想到的。」

當晚，在熱巧克力的收工聚會上，瑟琳娜告訴山姆說：「我的願望是每個人都可以和瑜伽師塔欽談談。或者，和像他那樣的人談談。」

布蘭妮在修一門課，所以只有我們三個，加上狗狗們。

瑟琳娜剛剛就一直在講她去找瑜伽師塔欽的事，還有他們談話的內容。當然囉，她自己的婚姻大事一個字都沒提，多半講的是他所說關於「心念」的概念。

「不只是解釋、文字而已，」她說道：「是他在場時你才會有的感覺。那種氛圍，我實在沒辦法說清楚。但是當你和他在一起，你就會感覺到自己在品質上大不相同了。」

山姆點著頭。

「覺悟到心念的潛能後會發生什麼事，他就是活生生的證明，」瑟琳娜說著，兩眼閃閃發光：「什麼都有可能會發生。很多都超越你所能想到的，甚至包括千里眼和心電感應這類東西，都是因為心念不受蒙蔽阻塞而自然發生的，瑜伽師塔欽說的。」

「大多數人都不相信，但即使只是一般人，他們的心念都有能力去做那類事情……」山姆說。

瑟琳娜揚起她的兩道眉毛。

「大多數的人有時候會體驗到心電感應或預知能力，但他們都以為只是偶發事件，」他繼續說：「巧合。大部份的科學家甚至看都不看『超感官知覺』（ESP，Extrasensory Perception）的證據，因為他們就是相信那是垃圾。諷刺的是，那樣的態度很不科學，因為他們大多連看都不看一下證據就公然抨擊『超感官知覺』。」他哼笑道：「有趣的是，世世代代以來，展露出神通的人不是備受尊敬，就是要承受辱罵。可是，人都有思想啊，也會覺得奇怪啊，比較理智的回應方式是『那要怎麼做才能培養出那種神通呢？』」

「的確。」

「我們生來就是與這種能力相通的。」山姆做出這個論斷時是如此自信，瑟琳娜不禁揚起一邊眉毛。他放下馬克杯，起身走到其中一個書架，接著抽出一本書，拿著書走回來。

「這本書裡頭有大量的研究報告，是一群準備想要客觀調查的科學家們所做的臨床實驗。結果顯示，所謂的超自然現象其實是正常的。我喜歡的一個實驗，已經被重複做過許多次了，就是把一群人接上測謊器，然後讓他們看電腦上一系列的影像。這些影像不是令人平靜穩定的影像——如風景；或就是令人害怕的影像——如驗屍時大體被剖開的畫面。這些影像是電腦隨機選出的，所以沒有人，包括這些研究人員，可以知道下一張圖片會是令人平靜或是害怕的。妳覺得結果會怎樣呢？」

「每次看到恐怖畫面，測謊機指針就狂飆喔？」

他搖搖頭：「在他們看到恐怖畫面的三秒鐘之前。在電腦做出選擇之前，他們就反應了。所以是預知能力……而這些受試者全都是普通人。」

瑟琳娜嫣然一笑，往後靠向椅背。我則是剛舔完牛奶，就主動把她空出來的膝蓋當作是邀請。

「心念不只是一臺肉做的電腦而已。」山姆說道。

「我們不只是有能力體驗靈性的人類而已，」瑟琳娜補充道：「我們也是有能力體驗人性的『靈性生命體』。」

我揉捏著她的雙腿，有那麼一會兒我的貓爪誤入了她的衣服裡面。

她痛得一下皺起眉頭，然後說：「或者，體驗貓性的『靈性生命體』。」

「理所當然。」山姆面無表情地說道。

那一晚，我蜷縮在通常有達賴喇嘛為伴的床上時，沉思著瑜伽師塔欽所說關於「心念」的卓越洞見。而且我也領悟到，唯有在全盤瞭解心念之後才可能有真正的快樂。如他所說，一個受限的、「軀體概念」的觀點永遠只能產生受限的快樂……稍縱即逝的感官享樂、短暫的滿足感、光輝時刻的熱烈燃燒、然後消失殆盡的體驗。然而，像瑜伽師塔欽和尊者，他們那種深刻的安適感是如此強烈，你可以真實地感受到它的存在。而且，那和短暫的享樂並沒有任何關係……瑜伽師塔欽十二年來完全沒有那些享樂！不一樣的，這種感覺像大海般廣闊無垠、持久深刻——是非常不同層級的快樂。

尊者回到房間時，有一股大難臨頭的氣氛。他很年輕，大概二十五歲左右。陪著他的是一位年老的西藏婦女，她面容慈祥卻毫無懼色，她的織錦披肩以一顆綠松石扣子圍聚在頸部，她的一舉一動都像是王后般。

跟在這兩位身後的是幾名僧侶隨從，他們緊急地在房內移動著。他們收拾文件、把個人物品裝入行李箱中、捲起織功繁複的地毯。我認出了他們當中有一位正是非常年輕的旺波格西，他們全都非常著急。

我躺臥在布達拉宮（Potala Palace）的窗臺上，一直從窗戶向外眺望著，穿越拉薩到山谷的另一邊群山隆起之處，達賴喇嘛進房間時，我便抬頭看向他。

因為感覺有一點點癢癢的，我反射性地抬起右後腿，然後自己撓了幾下。往下一看，這才發現我的腿好短，而且布滿了粗硬蓬亂的毛，尾巴也好短，末端是大量羽狀飾毛，爪子不是伸縮自如的，而是成了又寬又鈍的指甲。尊者走過來將我抱起，「今天這個日子我們全都感到恐懼……」他在我的耳邊低語道：「紅軍侵略西藏了，已經做好決定了，我必須儘快離開拉薩。我的先遣部隊無法帶著你跟我們進入山區，因為那對大家都不公平，但是堪卓拉會留在西藏盡全力照顧你的，她會看顧著你，如同照顧我一樣。」

現在我明白那位別著綠松石扣環的女士為什麼會進來了，有那麼一刻我感到心非常的痛。那份痛是發自我的內心，抑或是達賴喇嘛的呢？

尊者轉過身，這樣就只有我們倆一同看向窗外，俯視這片山谷，他低聲說道：「我不知道必須離開多久。但是，我答應你我會找到你的，我的小寶貝。」他沉默了半晌，然後接著說：「如果不是在今生，那就是在來世。」

這一切發生之時，我知道自己正在做夢。

可也不只是夢而已。那是我獲得允許，得以撥開重重迷霧，短暫一窺我的過去。

在拉薩犬的身體裡邊的是……

第七章

生活及生命的意義在於實現各自的願望，得到快樂……

來訪嘉賓：生物學家

心念超越思想。

是我?!

親愛的讀者，我是不會假裝沒被那個夢嚇到的。而且，在與瑜伽師塔欽見面後，我也不會懷疑夢境中所見所聞的真實性了。甚至有幾個特別的時刻，我還能調撥到前世所意識過的經歷呢。

不過，後來夢境就消失了。

翌日一早醒來，我想起瑜伽師塔欽曾經提到「除非有那種好運，能遇上一位導師來破除心念紛擾」。我知道無論達賴喇嘛此刻走到世界上哪個地方，這個夢都是一份禮物。這個夢確認了將我帶向他身邊的那條連結線……但令我大為吃驚的是，這個連結竟然延展到我們的前世。

也許我不應該如此訝異。傳統的佛法不是教導說因果法則（karma）跨越生生世世嗎？為何在壞人身上發生好事，又為何好人身上會發生壞事，之所以如此的原因不見得是緣於人們在今生所造的「因」。正如我剛剛所體驗到的那樣，只因有層層薄紗蒙蔽，我們才無法清晰得見那些在意識上的過往時刻。而且，在不知始於何處的時間情境之中，數十寒暑的經歷不也只是從某地到另一地的「瞬間跳躍」過程？不過，那個夢開啟了我想都沒想過的眾多可能性……好比說，在過去的生生世世中，我是誰？

或者……是什麼（動物）？

在達賴喇嘛被迫流亡那時……看來是一九五九年的一頭拉薩犬……

「上輩子是犬」這種想法令我深感不安。過去我總愛哀嘆我無可挑剔的喜馬拉雅品種出身，卻苦無文件證明，但現在我反而較能以理性看待了。因為相較於我前世的意識存在於什麼動物體內，經歷過什麼，做過些什麼，還有這些對我在此時此地的經歷又有何影響，「血統、家世」等等的重要性突然間大為失色。雖然我也像其他的貓族一樣，我們認為自己這一族類在整體上是比犬類優秀許多的，但是我無法否認的一點是，犬類也有意識。他們和貓族、人類都一樣，都屬於「有情眾生」（藏文，semchens）這一範疇，都是擁有心智的生命體。

有時候，許多看似毫不相干的事件會以一種奇特的方式，大約同一時間發生在你生命中，為你指出單一而且清楚的真相；做了這個夢的幾天之內，我就在「喜馬拉雅·書·咖啡」聽到一段最引人入勝的座談。這場座談的主講人並不是山姆的讀書會講者，不過，他的知名度並不亞於最好的講者。他是來自英國頂尖大學的一位生物學家，針對記憶和意識的研究已經出版了好幾本書，而且都是全球暢銷書呢。他來到麥羅甘吉時，有一次偶然經過我們咖啡館，那時約莫上午十點鐘，他也剛好有來杯咖啡的那種心情，便走進來看看。一踏進門來，他就直接面對一張他本人的大海報，下方則堆著一大疊他剛出版的新書……他身上穿的粗花呢夾克、森林綠襯衫和燈芯絨長褲正巧和海報中的本人一模一樣耶，於是他停下來盯著海報看，接著才注意到在櫃臺後方的山姆也正從海報看向他，然後又看回海報。

他們看著彼此的雙眼時，都不禁大笑起來。

山姆走下階梯，伸長了手，「非常榮幸你能來我們店裡，」他說：「如果我早知道的話……」

「我只是剛好路過，」這位生物學家用他短促清脆的英國腔答道：「這地方我不熟。」

「你一定常聽別人這樣說，但我還是要說……我是你的頭號書迷喔！」山姆告訴他：「我已經追蹤你好幾年了。你所有的書我們都有。」他手指向身後的書架，「你介意幫我們簽幾本書嗎？」

「樂意之至。」這位訪客說道。

山姆領著他走向櫃臺，一路上拿了幾本書，然後把筆遞給他：「如果我知道你要來達蘭薩拉，就會邀請你到我們讀書會演講了。」

「這次我只做短暫逗留。」這位科學家說。

山姆略微施壓：「這裡好多人都特別想見到你呢。」這位作家正在為那疊書簽名的時候，山姆突發奇想：「我想你今天午餐時間不會剛好有空吧，對嗎？我是可以邀請一些人來啦。」

「我十一點鐘有個會議，但我想頂多開個一小時左右，」生物學家說：「在那之後，我剛好有空。」

這位科學家再次回到咖啡館時，已有十個人坐在靠近書店區的餐桌，等待與他共進午餐。除了瑟琳娜和布蘭妮之外，還有瑜伽老師陸鐸以及他的幾個學生、大昭寺的洛桑，其他幾位我也認出來都是讀書會成員。一如以往，咖啡館裡的氣氛是活潑歡愉的；科學家到達後受到大家熱烈的歡迎。午餐點了，飲料倒了，在等著餐點送上來時的空檔，山姆轉向這位生物學家，開口問道：「能不能請你和我們分享一下目前在做的研究？」

「當然當然，」他說：「動物的知覺是許多年來我一直在探索的一個研究領域，非人類的生命體，他們的『意識』是什麼？他們的意識和我們的又有何不同？」

「是不是像狗……他們能夠聽到我們無法聽到的音頻？」有位讀書會成員問道。

「有部分原因是領悟力的差異，」客人答道：「有趣的是，動物因為具備特殊的領悟力，所以逐漸獲得人類重用。我們都相當習慣盲人使用導盲犬了，但以後會看到愈來愈廣的應用實例……譬如說，糖尿病專用犬可以察覺主人呼吸中味道的改變，進而警示有血糖過低的危險。」

「此外，」他繼續說：「根據研究，像腦性麻痺、自閉症、唐氏症的病人在與海豚直接接觸後，他們的病情都有顯著改善。這些特別的生物有什麼本領能造成如此巨大的改變？海豚的領悟力在幾個方面是遠遠超過人類的，這一點已經獲得證實。尤有甚者，鯨魚是除了人類之外唯一能夠清楚展示其模擬發聲學習能力的哺乳類動物。若能更加了解海豚領悟與溝通的能力，我們能否為腦性麻痺患者發展出不同的治療型式？」

瑜伽學員蘇琪好像有話一定要說：「我聽說過某個女人的故事喔，她曾和一群海豚一起游泳。其中有隻海豚一直輕推她的肚子，接著又毫無預警地拍她，把她弄得仰躺在水面上，她都快喘不過氣來了。後來被送到醫院急診，為防萬一，院方為她做了掃描，結果發現她的胃部有顆腫瘤，而且恰巧就在海豚推她的那個部位喔。很幸運，還有得救。」

生物學家點了點頭：「這類故事還有很多，我有一部分工作就是把這些故事收集到資料庫，然後再仔細調查研究一番。正如妳所說，非人類的動物知覺有許多方面都超越我們目前所能理解的，但是可能會非常有用。」

「動物的預知能力也是已經獲得證實的，」生物學家指出：「從非常古老的年代開始，人們就有紀錄提到動物在地震前會有不尋常的行為。野生動物或家禽、家畜都會表現出恐懼或憂慮，狗會嚎叫，鳥類會成群飛行。有個生物學家紀錄的實例很好玩噢，他研究義大利中部的聖路菲諾湖（San Ruffino Lake）蟾蜍的交配行為。他發現在僅僅幾天之內，發情期的公蟾蜍數量竟從九十幾隻陡降為幾乎一隻都沒有，接著就發生六點四級的地震，後來又有餘震不斷。蟾蜍則是過了十天才回來。似乎在地震發生的幾天之前，牠們就已察覺到即將發生什麼事情了。」

「大地的顫慄。也許蟾蜍擁有特別敏感的腳？」有人猜測道。

「若是如此，那地震學家也應該會接受到相同的訊號啊，」生物學家說：「也許，是他們接收到了電場的某種微妙改變。但是你知道嗎，有這種能力的不只是蟾蜍而已。在二〇〇四年十月重創亞洲的大海嘯發生前，也有許多不同物種早就預知了。斯里蘭卡和蘇門答臘的大象據報早在海嘯襲擊之前就已經遷移到高地，水牛也做了類似的事情。養狗的人發現，狗不想隨他們走到海灘去做例行的晨間散步。」

「可以利用動物來設計一個海嘯警報系統。」陸鐸提議。

「我也做過這樣的建議。」生物學家說。

「如果預測地震的能力與地震學或電場無關，那會怎樣？」布蘭妮問道：「如果是與動物所擁有的某種意識之類的有關，又會怎樣呢？」

「妳是說，像求生本能之類的？」陸鐸附和道。

生物學家轉向他們二位，「你們說的可能都對，」他說：「的確有證據顯示，動物有能力以所謂『超自然』的種種方式去領悟事物。就好像狗會知道主人正在回家的路上這種現象一樣。」

「關於那一點你寫了一本書。」山姆說。

「的確。我們並不懷疑有些動物可以憑藉其本能領悟到其飼主正離開辦公室，或要回家了這類的事情。也有閉路電視的連續鏡頭顯示，就在飼主離開辦公室的同一時間，家裡的狗會起身，並到前門或者窗戶旁邊坐下來，無論那個時候是幾點鐘。在有些案例中，家裡有人外出好幾天或好幾星期之後，他們快要回來時狗會變得興奮起來。有個商船船員怕途中可能會有事耽擱，所以從來不告訴妻子他什麼時候到家，然而她總是能知道，原因就是，家裡的狗會告訴她。」

「我一直覺得狗在那方面非常特別。」讀書會某個成員說。

躺在雜誌架上的我，一聽這話氣得貓毛直豎。但後來又想到我做的夢，這才沒那麼氣。

「無獨有偶，有研究指出貓也會做同樣的事情，」生物學家說：「有個很棒的故事說，有一對夫妻去航海旅行好幾個月，拜託鄰居幫忙餵貓，他們自己也不確定什麼時候可以回家，但是回家之後卻發現冰箱裡有一條剛做好的麵包和一瓶牛奶，竟是鄰居猜想到他們快回來了而準備的……因為，從他們離家後，他們的貓第一次走到屋外前方的停車場待著，而且一整天不時查看著。」

桌上的人們全綻放出笑容。

「你可以說『下一餐在哪裡』是求生存的一個重要因素，」生物學家說道，並看了陸鐸一眼：「同樣的道理，很多資料都顯示，有許多動物，特別是那些有被獵捕風險的動物，他們可以領悟到是否被盯哨，這一點對他們的生存可說是極為重要的。」

「關於那一點，他也寫了一本書。」山姆宣布道。

作者笑了。

「關於動物的領悟力，還有其他部分可以深入探討。像是有一本書，不是我寫的喔……」他對山姆笑了一下：「書中描述艾琳．佩珀伯博士（Dr. Irene Pepperberg）對一隻名叫艾力可斯（Alex）的非洲灰鸚鵡所做的研究，鼓舞了其他的研究人員。他們讓人清楚了解鸚鵡的認知能力不只是用來學習單字，他們還可以有意義地應用那些字詞。非洲灰鸚鵡知道紅和綠、方和圓等等的不同之處；他們也了解『出席』和『缺席』的差異，並據以溝通。」

「還有位研究人員發現，她飼養的非洲灰鸚鵡似乎能領悟她的思想。她有一次拿起話筒，撥了她的朋友羅伯的電話號碼，結果灰鸚鵡自然而然地說：『嗨，羅伯。』還有一次，她正在看一張紫色汽車的圖片，當時灰鸚鵡在樓上，卻大聲喊道：『看看這好漂亮的紫色。』最不可思議的是有一次這位飼主做了個夢，夢中她正要打開錄音機的卡匣。就在她正要按下去之前的那一刻，睡在她床邊的鸚鵡大聲說道：『你得按那個鍵啊。』把她給叫醒了！」

「讀心術？」布蘭妮問。

「關於那個，灰鸚鵡曾受過一項嚴格測試。我在此只能簡略介紹，但基本上就是說灰鸚鵡要能夠選出在另一個房間裡的飼主正在看的圖片。此外，灰鸚鵡的反應也會被記錄下來。圖片都是一些像瓶子、花、書之類的東西，甚至也有裸露的人體。對了，裸體這一題灰鸚鵡有答對喔。在總共七十一道題目裡面，他答對了二十三題，這種比率不可能是偶然猜中的。」

「所有這些告訴我們的是，」這位生物學家說：「非人類的生命體不只是和我們同樣具有意識，他們所擁有的不同領悟力，在許多情況下可能要比我們精微得多了。」

「也比我們更複雜嗎？」有人問。

「那就變成價值判斷了，」生物學家笑了一下說：「是有人會那麼想啦。然而，我們不應該忘記關於人類意識，還有很多我們不知道的東西。」

生物學家在說話的時候，洛桑一直專心聆聽，他是紅色僧袍裡寧靜的「人格存在」。最後他問：「是人類意識帶你來到麥羅甘吉的嗎？」

科學家點點頭：「關於『心念』的本質，佛教有很多可以教導世人的：心念是什麼，心念不是什麼，還有就是『各種理論』如何對『意識』的瞭解揑造出不符合事實的種種說法。」

「心念超越思想。」洛桑說。

生物學家用一種深表認同的神情看著洛桑的眼睛：「正是如此。這個簡單而深入的道理，我們人類卻覺得難以理解。」

那天黃昏時，我和瑟琳娜一起去上瑜伽課。過去兩個星期以來我也固定去練。不願在空蕩蕩的房裡獨坐，我更喜歡站在教室裡的那張木頭長椅上，聽著陸鐸的指引，看著學員們演練著我也愈來愈熟悉的體位法套路。尤其，我喜歡課後聽大家在露臺上聊天，還有瑟琳娜和同學們啜飲著綠茶時，坐在地毯上的我所感受到的溫暖陪伴。與此同時，高山們進行著自己的入夜儀式，他們頭頂上的冰帽慢慢從雪白加深顏色，轉為光潔的金，再化為櫻桃的紅，而夕陽也在一旁演練著他自己的拜日式。

那天的瑜伽課一如往常地進行著，學員們已經做完了站姿系列，接下來要坐在墊子上繼續坐姿扭轉。陸鐸穿著寬鬆的褲子和上衣，正赤腳在教室裡四處走動，他詳細觀察每位學員的姿勢，像法醫鑑定般不放過任何細節，然後這裡做點調整，那裡給點建議。

就在陸鐸背對露臺站著，帶領學員進入「馬立奇體位法III」（Marichyasana III，聖人名）的時候，我感知到外頭有某種突然的動靜。那是在陸鐸身後的露臺鐵杆上，不知從哪裡冒出來的一隻大老鼠，竟然站在瑟琳娜的長圍巾上面；她總是在進教室之前把圍巾披掛在欄杆上頭。

雖然我知道那條圍巾對瑟琳娜有多大意義……但是，就是那隻大老鼠出現的位置讓我產生這麼大反應，這並非妄語。那條繡著盛開的木槿花的黃色圍巾雖然褪色顯舊，卻有很大的情感價值，那是她父親給的、唯一留存至今的禮物。我曾經聽她說起她十二歲的某個晚間，爸爸在自家陽臺上送她圍巾的事。

看到外面有囓齒動物這種討厭的東西讓我發出了一種……連我自己都不知道我能夠發出的聲音。這種聲音從低啞，倏地拔高爆響，是在警告有可怕的不祥之物出現；陸鐸一聽便打了個寒顫，並隨即轉身向外查看。在他這樣做之前，老鼠已經跑了。於是，陸鐸走到外面露臺上，停留了一會兒，然後快步跑回教室裡面。

「請你們大家站起來，保持平靜，去穿鞋子，然後離開教室。隔壁失火了！」

陸鐸看著第二排一位高大年輕的印度男生並問道：「席德，可不可以去拿露臺上的滅火器幫忙滅火？」

席德點點頭。

「我去廚房拿另一支滅火器，等會從後面過去。」

其他人急忙穿好鞋子，並向門口跑去。瑟琳娜一把將我抱起來。頃刻間，我們都已站在瑜伽教室對面的馬路上，眼前發生的事真叫人目瞪口呆。

火舌已經從隔壁房子的窗口跳出來了，黑煙隨著汽油味滾滾竄出，屋簷也已經著火了。兩棟房子之間的空隙，還有陸鐸房子的屋簷都是很窄的。

瑟琳娜一手緊抱著我，另一手打電話給達蘭薩拉消防局，另外幾名學員則趕到另一邊的民宅去看看從那裡面可以做點什麼，還有些學員則分頭去找水管和水桶。

席德從露臺邊上用滅火器熄滅陸鐸屋簷上的火，接著對準了從隔壁廚房窗戶噴出的火焰。陸鐸拿著第二支滅火器從他屋子的正門跑出來時，鄰居的廚房的屋頂正好爆出一團火球。陸鐸把泡沫噴嘴對準了屋頂，噴出一陣泡沫強柱後好像把火勢完全撲滅了，但沒想到才一會兒過後，另一處又傳來爆炸聲。

蘇琪和瑪麗莉跑回來，手上拿著路邊一間民房園子裡的水管。

「不要把那個拿到廚房附近！」陸鐸轉頭過來大喊：「這可能是油爆引起的火災，

水管可以拉到旁邊把牆壁打濕！」住在隔壁的女人和三個小孩在路邊無助地縮成一團。陸鐸徵得她的允許後，便直接進入她的屋裡尋找起火點。窗戶都燒成煙燻過的橘紅色了，在滅火器噴了兩遍之後，橘紅轉成黑碳。

在外面露臺上，被黑煙燻得髒兮兮的席德正在與屋簷上的火花搏鬥。火勢燒得猛烈，陸鐸家的屋頂岌岌可危。席德才稍微減輕火勢，卻又很快復燃。他奮戰得愈久，滅火器噴出的力道就愈弱。終於，滅火器完全噴不出泡沫來了。那屋簷的火勢本就不可收拾，沒了滅火器後更是無法抵擋，於是火舌便毫不費力，直向陸鐸的屋子捲去。

聚集在外面的人都驚慌得大叫起來。消防局的人在電話中告訴瑟琳娜說二十分鐘之內會有一輛消防車抵達現場。但是眼下，陸鐸的屋子還有瑜伽教室就要被火舌吞沒了。

露臺上的席德不見了，過了一會兒才從前門出現，「需要更多滅火器啊！」他看著馬路對面大喊。

「其他人都去問鄰居有沒有滅火器了，」瑟琳娜大聲回應著：「有兩個人開車去買了。」

隔壁房子又傳來打雷似的爆炸聲，隨即有一團火球從廚房窗戶竄出，打到陸鐸房子的牆壁。陸鐸進去隔壁屋裡打火似乎沒有見效，他從前門一邊往外走，一邊晃動著滅火器。

「沒了！」他喊道，很快地過了馬路。

陸鐸和席德站在路邊看著火場一會兒，火勢完全攻下了鄰居家的屋簷和屋頂，而且也燒到陸鐸家的露臺，往這兩間屋子牆壁灑水的學員們可說是徒勞無功了；隔壁房子的屋頂眼看著馬上就要整個淪陷，而陸鐸這邊也很快就會遭殃。

路旁聚集了一群圍觀的民眾，他們是受驚又擔心的鄰居和路人，因為被這場大火所震懾，都目不轉睛地盯著看。當時感覺過了好久，但事實上可能才幾分鐘而已。

突然間有輛白色的老賓士向我們疾駛而來，並在火場前緊急煞了車。老賓士完全停妥之前，穿著一塵不染的白色制服，頭戴褐紅色帽子的男子們便從兩邊後門跳了出來，他們手中緊握的滅火器比起陸鐸和席德用的那兩支顯著地大上許多。

駕駛座的門開啟後，走出來的是一個熟悉的身影，他穿著深色夾克，頭戴灰色便帽……這不正是瑪哈拉吉本人嘛。他打開後車廂時，席德和陸鐸急忙跑過去並拉出兩支大型滅火器。陸鐸揮舞著新設備，領著瑪哈拉吉的人走進隔壁，席德則和瑪哈拉吉進到陸鐸的房子，另有兩名學生也跟著拿出剩下的滅火器，隨他們走進火場裡。

不到一分鐘的時間，原先猛烈的大火就只剩下濃煙混合化學劑的刺鼻氣味，還有夾雜泡沫的黑色液體從兩間屋子的牆壁流下來，最後流到路邊。此時，我們聽到遠方傳來警報聲，消防車愈來愈近了。

瑪哈拉吉和他的兩名隨從離開後，消防隊的人評估著火場損害的情況；有幾根支撐的柱子燒壞的情形頗為嚴重，在整個換新之前，露臺會不太安全；室內家具都滑向一邊去了，而地板看起來好像隨時都會坍塌。陸鐸環顧著這棟建築，這間他幾十年來的住家和瑜伽教室，他非常慶幸並沒有全毀。雖然有些損害，但是他說情況原本可能更糟糕呢。

「要不是瑪哈拉吉，」瑟琳娜調整著她最喜愛的那條圍巾在肩膀上的角度時說：「誰知道事情又會有何結果呢？」

大家都紛紛表示同意。陸鐸和席德意味深長地看了彼此一眼。

學員們慢慢走回瑜伽教室，就像以往的課後小聚般圍攏過來，只不過這次是在室內。瑟琳娜從「喜馬拉雅・書・咖啡」訂了餐點，有幾大盒披薩讓大家傳著吃，外加一瓶鎮定神經用的紅酒。

「我想不通的是，」蘇琪沉思道：「瑪哈拉吉怎麼會知道我們這邊起火的事？」

「也許是有人打電話跟他講的。」艾文提議道。

「據說他很關心村子裡的事。」有人補充。

「這我也聽說過，」瑟琳娜同意道：「他好像也常常在晚上走這條路。也許是他自己看到這邊起火了。」

「無論他是怎麼知道的，他救回了我的房子，我真不知道該怎麼謝他……」陸鐸說。

「他不想要留下來喝杯酒嗎？」瑪麗莉用她老菸槍的嗓音問道，同時為自己重新斟上一杯。

「他可能不喝酒喔，」席德說：「他很不喜歡講自己的事情，也不喜歡大驚小怪。」

「我得安排一下，私下去見他，當面表達謝意。」陸鐸說。

「這樣好多了，」席德表示同意並加上一句：「但我想你忘了今晚的真正英雄呢，沒有她的話，這場火可能會帶來更多損失，而我們卻沒有人知道外頭發生什麼事情呢。」

大家停了一會兒後就全部轉頭看向我。

「斯瓦米！」

「對喔。」陸鐸說著，並從椅子上站起身來，走向坐在瑟琳娜身邊的我。他在我面前的地毯跪坐下來時好像要做頂拜似的。

「我想我永遠也忘不了妳當時發出的聲音。」他一邊說著，一邊欣賞地撫著我。

「背脊一陣涼哪……」瑪麗莉邊說著邊做出發抖狀。

「讓我起雞皮疙瘩呢。」蘇琪說。

「真奇怪他們是怎麼知道的。」卡羅邊說邊調整著他的註冊商標，班達納印花方巾（bandanna）。

「喔，我想貓所知道的事要比我們所相信的還要多，」陸鐸說：「比我們能夠認清楚的要多更多。」

過了一會兒，瑟琳娜說：「就像我們之前在咖啡館討論的那樣。」

陸鐸、席德和其他幾位都表示同意地點著頭。

為了那些當時沒能參加午餐座談的人，瑟琳娜講了一遍關於動物也具有意識的事情，就像那位傑出的生物學家所說的那樣：「他告訴我們動物有能力領悟到人類無法領悟的東西。」

很明顯的，大多數人連自己如何領悟事物，都未曾停下來好好想過。

「我聽過一隻寵物豬的故事，」艾文說：「有一天晚上寵物豬咬開主人的被褥把他們全都吵醒。他們的房子著火了，可是大家都還在睡，後來他們認為是寵物豬救了他們的命。」

「就像斯瓦米幫忙救下了我的家和瑜伽教室一樣。」陸鐸評論道。

「你們覺不覺得是因為她聞到了大火的氣味？」有個名叫喬登的瑜伽學員問。

「氣味嗎？」

「也有可能是她看到濃煙了。」某人提議。

「第六感。」卡羅如此說道，她給的是一個討人喜歡的解釋。

我還記得那隻不知從哪兒冒出來的大老鼠，還有我一見到牠的震驚感，跟著就是因為牠的出現而刺激我自發性的猛爆尖叫。

「她確實知道如何警告我們喔！」瑪麗莉說道。

陸鐸面帶深深感恩的表情注視著我：「因為這樣，所以斯瓦米永遠都是我們瑜伽教室的貴賓。」

後來，直到我們都要走了，大家都在玄關穿鞋子時，瑪麗莉才注意到瑟琳娜的圍巾。

「妳好幸運喔，」她說著，還用大拇指和食指掀起圍巾一角說：「妳通常都把它掛在……」

「……露臺上，」瑟琳娜說出瑪麗莉原本要說的：「本來在濃煙中可能會被吹走的。」

「可是今晚卻沒有？」

「怪就怪在這裡。」瑟琳娜說：「我大可發誓我真的把它掛在外面……但它現在又的確在這裡，就在我的包包旁邊，好像一直都在那樣。」

「妳該不會以為……」瑪麗莉開始要猜測。

「啊，她在這裡！」席德插嘴道，瑟琳娜伸出手來抱我時，席德也過來用他平滑的指尖撫著我的臉：「她真的很特別。」

是什麼東西讓我覺得我與這個身材高大、雙眼炯炯有神的印度男子有種親密感？「這位，」他分段說道：「她知道很多，說的卻很少。」

我仰起頭來看著席德，回想起站在圍巾上的大老鼠，如果說我「知道很多，說的卻很少」，那麼……又該如何描述那隻大老鼠呢？

當晚的尾聲，我蜷曲在尊者在他床上專為我特設的犛牛毯子上。我徘徊在清醒與昏睡之間那輕柔而沉寂的狀態中時，昨晚的夢境與今晚火場的影像在我的腦海中一幕幕閃現著，我想起那位生物學家所說關於動物有意識，有領悟力的事情。我也想起關於「快樂」，有一個最明顯卻被忽略掉的事實之一是：我們所有的「有情眾生」，人類、貓族、甚至是鼠輩，在「實現我們的願望以便得到快樂」這一點上都是平等的。

如果我們當中的每一個在前世都曾經是「有情眾生」當中的其他物種，而且未來也可能又變成其他物種，那麼「所有生命體」，無論是哪類物種……的快樂，都是值得我們努力的唯一目標啊。

第八章

達到覺悟的……並非智力最高的人，而是願意努力不懈的人。

來訪嘉賓：澤仁喇嘛

又累又餓的時候，什麼事情都變得很費力氣……

探索「呼嚕嚕的快樂」這件事，出乎我意料地更加耐人尋味，曲折離奇。雖然在過去幾星期我是長了一點智慧，但親愛的讀者，關於「快樂」，還是有個非常基本的問題我搞不懂耶：我明明心滿意足，放輕腳步走路，也沒去管別人家的閒事，為什麼會毫無緣由就突然心煩起來啊？

順利完成冥想、梳妝、大提琴獨奏……就是我們貓族日常清潔工作中所謂最為私密的那檔事啦！如此豐收的一個上午很可能會莫名其妙就轉為黯淡的灰色。去到「喜馬拉雅．書．咖啡」，以一盤前景十分看好的清燉海鱒開始的午後，也可能以疲軟無力、抱怨連連告終。這種心情上的轉折可不是因為發生了什麼特別的事。如果是因為坐在窗臺上被噓走，或被惡毒的小孩拽著尾巴跑，或在打盹中被戳醒、被強迫拍照……這就是成名的代價啊，要是這樣的話，那我會惱怒起來也是完全可以理解的。

但是沒有啊！所以不是呀！

坐在達賴喇嘛的膝上所獲得的智慧讓我比較能覺知到自己的「心念」中有些什麼，而比較不會受制於那些看不見的情緒起伏。即便如此，我還是不能否認溫暖的好心情可能會屈服於暗黑情緒。然後，就在某日上午，我也沒有特別費力去做什麼，這個道理就再明顯不過的被完整揭示出來了。

事情的開端是我在檔案櫃上四肢大開仰躺著時，丹增走了過來。

「尊者貓，妳可能有興趣知道，這世上妳最喜歡的人今天早上會來喔。」

達賴喇嘛嗎？但據我估計，明明還要再睡九次覺他才會回來啊……打盹不算噢。

「尊者再兩個星期左右就會回到我們身邊了，」丹增繼續說：「但他一回來，行程就很緊湊。有很多客人要招待。這就是為什麼我們的VIP主廚今天要來清點存貨。她希望在他回來之前一切都井井有條。」

春喜太太要來了！大昭寺廚房的女王！惠我良多的施主！

丹增撫摸著我的臉頰時，我用牙齒叼住了他的食指，叼了一會兒後，又舔了舔那一絲石炭酸皂的氣味。

丹增輕輕笑了起來：「噢，小雪獅，妳真好玩。可是春喜太太今天不會煮什麼東西，所以不要去廚房討吃的喔。」

我用我傲氣十足的藍色貓眼對付他這張警告我的臉色。丹增身為老練的外交家，這句話說得實在太過愚蠢了。他有認真想過嗎？春喜太太拒絕得了我嗎？特別是這麼久沒見到我？我只消用我柔情萬千的藍色瞳孔望她一眼，或許再來個「貓尾巴捲人腿」請託一番……最多，就是輕輕「喵」地求她一聲，那麼，大昭寺的VIP主廚就會為了取悅我而著手備餐呢，絕對要比你用嘴巴說「來一份碎雞肝丁兒」來得快多了。

踩著藏不住雀躍心情的腳步，輕飄飄地我隨即準備下樓了。

到達廚房時我看見春喜太太穿著我常見的圍裙，拿著筆和寫字夾板，大聲地唸出一串物品名稱，而同時在冰庫的洛桑與在食物儲藏室的瑟琳娜則分頭回應著。

「十品脫的天然希臘優格？」

「有。」洛桑答道。

「什麼時候到期？」

「下個月底。」

「全部嗎？」

停頓了一會。

「對。」

「去籽黑棗呢？應該有四大罐喔。」

「只有三罐。」瑟琳娜答道。

「哎喲，我的媽喂（春喜太太講義大利文，porca miseria）！現在我想起來了。有一罐整罐生鏽，我們把它丟了。」

說著說著……她從眼角瞥見有東西在動，轉過身時剛好瞧見我搖搖晃晃地走向她。

「我的小甜甜（dolce mio）！」她說話的語調瞬間洋溢起熱情的仰慕，連我自己都很難相信我正是導致這種轉變的主因。

「我的小美人兒（bella），妳好嗎？」她一把從我爪子下方將我托起來，她的吻如雨滴般落在我身上，接著把我放在一個櫃子上：「我好想妳噢！妳有想我嗎？」

她戴滿珠寶的手指穿過我的厚毛撫著我時，我感激地呼嚕嚕叫。我太熟悉這個超棒的序曲了，接下來肯定會有更叫我開心又值得的體驗。

「這裡面的盤點結束了嗎？」洛桑從那間大型冰庫中大聲問道。

「暫時吧。」春喜太太心不在焉地回答他：「現在嘛……上午茶時間到了。」

她急忙伸手到托特包內，拿出一個密封的塑膠碗，然後打開碗蓋，「我特別為妳留了一點點昨晚的燉牛肉，」她告訴我：「我來這裡之前有先加熱喔。希望這點東西可以滿足妳精緻的味蕾。」

春喜太太的匈牙利燉牛肉是食物中美味多汁的巔峰極品啊，而那肉湯則是令我貓鬚發麻的頂級聖物啊。

「噢，我的小寶貝兒（tesorino）！」她大叫道，用刷過睫毛膏的琥珀色瞳孔仔細地研究著我，而我則彎下身來以略為吵鬧的聲量開心地大啖燉牛肉。「妳……真的是……」她有點喘不上氣來那樣地說出：

「創、世、紀、以、來、最、美、生、物。」

過了一會兒，春喜太太、瑟琳娜和洛桑都在廚房櫃臺邊的凳子坐下來，啜飲著馬克杯裡的茶，還卡滋卡滋地大嚼春喜太太隨身帶來的椰子薄片。

「春喜太太，謝謝妳。」洛桑說著，手上拿著正在吃的那片，笑得開心極了。

「真是太好了，妳還記得。」春喜太太的椰子薄片是他從小就喜歡吃的。

他們都呵呵笑了起來。

「好像以前啊……」瑟琳娜說。

「哎，是啊。」春喜太太高興地輕嘆著：「我們三個上一次一起在這裡工作是什麼時候啊，十二年前了嗎？」

沉默了半晌後，洛桑說：「我想，應該有十四年了。」

「有誰想得到我兩個廚房助手的個人事業會發展得這麼好，呃？達賴喇嘛的翻譯官，自歐洲歸來的成功大廚，一切都在改變。」

「無常。」洛桑同意道。

「嗯，也不是什麼都變啊，」瑟琳娜說：「我們都老了些，也都見識到這個世界多一些。但我們仍然是一樣的人，特別是我們對重要事物的感覺，還是一樣的。」她凝視著洛桑：「這些並沒有改變。」

洛桑看向前方的空間，沉思了好一會兒才答說：「沒錯。我仍然覺得妳媽媽做的椰子薄片是所有甜點當中最棒的。」

他們都在大笑時，他看著瑟琳娜的眼睛亮了一下：「譬如說……」

「譬如說。」她重複說道。

「我猜想那就是為何會這麼難……」，他的表情一下子嚴肅起來：「就是你一旦把自己安置在某個特定的軌道時，要改變方向的話……」洛桑身上常散發的寧靜氣息已經被不肯定的想法取代了。

春喜太太意味深長地看了瑟琳娜一眼。關於洛桑現在所說的話，她們倆很明顯地已經討論過了。春喜太太實在無法忍受要看著他面對這種轉變，便起身走向他，手鐲串一陣輕響之後，她用手臂環抱住他。

「我親愛的洛桑，現階段對你而言當然不容易啊，」她說：「但是你一定要知道，無論你最後做出什麼決定，我都會全力支持你的！」

不一會兒，廚房前面傳來有禮貌的叩門聲，接著澤仁喇嘛（Lama Tsering）走了進來。澤仁喇嘛身材高瘦，有著苦行僧的面容；他是尊勝寺的軌範師，負責在儀禮進行中督導比丘們的行為以及他們的修行。他一出現，洛桑馬上從凳子起身，放下馬克杯，並將雙手合十在胸口前方。

澤仁喇嘛深深一鞠躬：「大家早安。」

「喇嘛，您也早安。」春喜太太好像因為他的出現，有些緊張起來。

「丹增告訴我妳今天會來，」他說著，並用一種誠摯的表情看著她的眼睛：「我是來尋求，誠摯地尋求，妳的建議的。」

「『我的』建議？」春喜太太尖著聲音回問，緊張兮兮地笑著。

「是有關營養的事情。」他繼續說道。

「媽媽咪呀！我還以為是我做錯什麼事情了！」

澤仁喇嘛偏著頭，從他的嘴角看不出一絲絲開玩笑的意味，他問：「妳為什麼會那樣想？」

春喜太太大搖其頭，然後遞給他那盤椰子薄片，「吃一片嘛，」她勸道：「來杯茶嗎？」

澤仁喇嘛興趣盎然地研究起這盤點心，「看起來非常好，」他評論道：「但是，我必須先知道……」他從長袍裡摸出小筆記本，然後翻到他寫著筆記的那一頁。

「這個是……」他看著之前記下的內容問道：「低升糖指數的嗎？低GI（Glycemic Index）的？」

「噢，相當低呢。」她向他保證道。

「媽～」瑟琳娜拉長了聲音制止母親，那時澤仁喇嘛正伸手要拿椰子薄片。

春喜太太聳聳肩：「每種東西都嘛是相對說得通的。」

澤仁喇嘛欣賞地咬了一口然後說：「嗯，或許是中等程度的低升糖吧？」

「是極度『高』的『低』升糖啦！」瑟琳娜說完，他們三人，甚至澤仁喇嘛都不禁大笑失聲。

「為什麼對升糖指數有興趣呢？」過了一會春喜太太問喇嘛。

「我身為本寺的軌範師，」他答道：「有責任讓所有的比丘都能好好修練，都能自我控制，而最重要的是，都能心滿意足。」他拍拍自己的胸口，「但是，直到最近我才發覺『營養』對這種滿足感有多麼地重要。」

「均衡飲食。」瑟琳娜提議。

「特別是，葡萄糖。」澤仁喇嘛說這些話時散發著一股權威感，很明顯，他有作功課，正如我們也很明顯從未對營養的事稍加留意過，這點澤仁喇嘛也看出來了。

「我們的比丘需要兩種東西才能有所成就：智力和自制力。這兩者之中，迄今還沒有方法可以增加一個人的智力。然而，自制力，意志力，則不一樣。西方的科學家甚至發現了『情緒』的重要性。」

洛桑點點頭。他對丹尼爾・高曼（Daniel Goleman）非常熟悉，這位作者追隨尊者多年，他所寫的關於情緒智力及社會智力的書籍聞名全球。

「史丹佛大學的棉花糖實驗。」洛桑說道。

「能高度準確地預測出成功與否。」澤仁喇嘛加以確認。之後，他瞥見春喜太太和瑟琳娜臉上不解的神色，便繼續說：「在一九六〇年代，有一個實驗是把小朋友帶進一個房間，一次只帶一個進去，然後研究人員會和他們談條件。每個小孩都會得到一顆棉花糖，並且被告知如果想吃的話，可以馬上吃掉，但是如果能等到研究人員出去一會兒後回來再吃，那就可以多拿一顆棉花糖。研究人員會離開房間十五分鐘，有些孩子會馬上吃掉棉花糖，有些則能克制自己，最後得到兩顆棉花糖。」

「從小自制力較強的孩子後來成績比較高，比較沒有酗酒或嗑藥的問題，也賺比較多的錢。所以，科學家告訴我們的是，自制力比起智力更能夠看出未來能否有所成就。」

「噢，老天爺，」春喜太太低語道：「我會早早就把棉花糖吃光光的。」

澤仁喇嘛跳過她插的話：「根據好幾年來的觀察顯示，我們的比丘也有同樣的情形。**達到覺悟的並非智力最高的人，而是願意努力不懈的人。**」

「但是葡萄糖又怎會影響自制力呢？」瑟琳娜問。

「我最近才知道，影響意志力的主要因素之一是我們身體裡的葡萄糖含量，」澤仁喇嘛說道：「葡萄糖太低的話會比較無法自我調節，也比較不能控制思想、情緒、衝動與行為。如果離上一次進食時間太久，大多數的人都會覺得壓力變大，也無法清楚思考。」

（譯註，升糖指數高的食物會讓血糖一下子衝太高，然後很快又降太低，此處所指的「葡萄糖太低」是「升糖指數高」的食物造成「血糖震盪」問題。）

「對，我聽過類似這樣的事情，」洛桑因為想起某件事而興致勃勃地說道：「是有個關於要不要給犯人假釋的研究。」

春喜太太和瑟琳娜充滿興趣地看著他。「最後的結果發現，」洛桑告訴他們說：「犯人之前所犯的罪、在獄中的行為表現、種族，或你可能懷疑的任何其它變數，這些全都和能否得到假釋無關。與獲得假釋有關的是他們出現在聽證會委員們面前的時間點，以及當時的委員們有多累或有多餓。能在委員們早餐或午餐後愈快見到他們，犯人就愈可能獲准假釋；但是，接近上午或下午的尾聲，假釋委員們愈來愈疲倦飢餓的話，就比較有可能被撤銷假釋申請。」

「這個例子很好，」澤仁喇嘛說著，同時寫下筆記：「我想我們都有這樣的經驗。又累又餓的時候，什麼事情都變得很費力氣。」

「這就是為什麼我們正在享用椰子薄片呢，」春喜太太插嘴道：「而且我也總要確保尊者的小雪獅永遠不會得那個……」她愈說愈小聲，因為想不出那個專業術語。

「決策疲勞？」洛桑提示道。

只要我的肚子裡能裝上夠多的燉牛肉，洛桑要隨自己高興開我多少玩笑都可以，我邊作如是想，邊舔著碗裡殘存的最後一滴濃郁肉汁。

「哦，春喜太太，」澤仁喇嘛說著，晃了晃他右手拿著的一疊紙：「我這裡有比丘廚房的傳統菜單。不知道妳能不能告訴我們怎麼改進才好？」

「是要改成升糖指數低的食物嗎？」她問道。

「正是。」

「得改成小火慢煮的方式，」她說時伸出手去拿那疊紙：「堅果、蔬菜、水果、起司、油脂，還有其它的好脂肪，就是那些可以達到平衡血糖震盪的食物。」她審視著菜單，開始搖晃著腦袋，「白米飯？白麵包？每天都這樣吃？噢，不行啦，這樣太多了。」

澤仁喇嘛看著她檢查菜單，神態頗為贊同。「很有趣啊，」他說：「來看看在廚房幾個簡單的改變會帶來什麼不同的結果。」

剛好，「喜馬拉雅．書．咖啡」也正在熱烈討論著新的菜單項目，特別是，自從瑟琳娜首次的咖哩之夜晚宴後，有個誘人的機會自己找上門來了。

隨著第二次咖哩之夜的日子愈來愈近，訂位數一直穩定增加。訂位的客人裡，有參加過首次晚宴的本地住民，有聽聞不斷好評而來嚐鮮的朋友，也有因飯店經理推薦，保證能享受一個難忘夜晚而來的房客。這次甚至連在窗戶上張貼海報都不需要了；在第二次咖哩之夜前一個星期，整個咖啡館的座位都被預訂了。

更誇張的是，有些第一次來過的客人還特別來拜託瑟琳娜，送給他們最喜歡的那道菜的食譜。有些人最喜歡的是蔬菜丸子，有些人要的是馬拉霸鮮魚咖哩的食譜……永遠慷慨大方的瑟琳娜就幫忙囉，歡喜地送給他們這些食譜；這可都是她和札巴兩兄弟花了非常多的時間不斷琢磨、調整、修正才得到的結果呢。

可是，客人們都失敗了，全都做不出來。

第一個來抱怨的是海倫．卡特萊特，她是瑟琳娜的老同學兼好友。瑟琳娜給了她那份芒果雞肉的食譜大約一星期後，某個上午十點左右她和瑟琳娜一起喝著卡布奇諾；我從雜誌架上偶然聽到海倫說她本來打算好好款待家人一番的，結果卻成了像是要模仿瑟琳娜，可又不到位的失敗作品。

「妳每個步驟都有按照食譜操作嗎？」瑟琳娜一頭霧水，很想搞清楚呢：「雞肉有先醃一下入味嗎？醃了多久呢？」費了好一番功夫之後，瑟琳娜才問出海倫會大失所望的真正原因。

那次對談的幾天之後，跟著又有一次類似的談話。瑜伽班的同學瑪麗莉也說她試做了瑟琳娜的羊肉咖哩食譜，結果同樣是乏善可陳。這一次，瑟琳娜直接切入問題的核心：「妳有照著單子上的香料準備嗎？」

「呃……呃……嗯，」瑪麗莉回答瑟琳娜說：「有啦，大部分都有……」但有一部分，因為她沒有一模一樣的香料。畢竟，所需要的香料有那麼的多啊，她就嘗試用別的取代。

「香料夠新鮮嗎？」瑟琳娜又追問道。瑪麗莉被逼得只好承認至少有一款調味料在她家的香料架上擺了快十年了，「也許……還有別的也是吧。」

瑟琳娜指出她明顯的失誤後，瑪麗莉覺得有點尷尬了，但她馬上改口……雖只是半開玩笑的樣子，如果瑟琳娜給她的不只是食譜，而是一份比例正確的新鮮香料，那她就可以保證萬無一失了。

比較沒有同情心的人可能想都不想就回絕這種要求了吧。但是瑟琳娜想起朋友們都那麼失望，而她們的確也不可能像她一樣，那麼容易取得存放在儲藏室的高品質新鮮香料啊，所以她打算幫大家這個忙。在她的要求之下，札巴兄弟把芒果雞肉和咖哩羊肉食譜上的綜合香料，用小袋包裝並加上封口。瑟琳娜每一種都給海倫和瑪麗莉一包。

沒多久她就聽到了她們的好消息。幾天之內她們又碰面時，這兩人對於自己做出來的菜色，以及親朋好友的佳評如潮都喜不自勝，她們倆也都坦承不敢居功的心情。

海倫總結道：「我實際上並沒有做什麼事。誰都可以把香料灑在雞肉上，過一段時間後再把它烘烤個半小時……是香料在做菜。」

想到可從商業角度切入的人是瑪麗莉，她說：「妳怎麼不想想把綜合香料拿出來賣呢？」她提議道：「我會第一個跟妳買噢。」

瑟琳娜接受了這個建議，她還把香料包結合了米和堅果，這樣子就只需要買新鮮蔬菜或肉類了。山姆利用電腦設計了食譜說明，上方還有「喜馬拉雅．書．咖啡」的標記，再用琥珀色的紙張列印出來。

香料包很快就飛出大門，流傳於瑟琳娜的朋友圈，也傳到了咖啡廳常客，還有瑜伽班學員那邊。好評一旦傳開了，櫃臺上小小的展示盒子很快就得換個大一點的了。接著，山姆發出一封通知說「有參加第一次咖哩之夜的朋友都可以拿到香料包」之後，銷售量又翻了十倍。有些訂單甚至遠從韓國首爾、波蘭克拉科夫、美國邁阿密、捷克布拉格而來，原來是那些在達蘭薩拉旅遊時曾到咖啡廳的客人回頭訂的。為了能方便地做出一頓美味飯菜，無須動腦或花時間準備，大家都非常樂意付費。

香料包的銷售在一開始興奮的熱潮過後，仍然沒有消退的跡象。香料包帶來的美味效果幾乎是百分之百保證的，人們只要吃過一包，就會想要再訂一包。也有一次訂好幾包的，每一種味道都要。這些香料包的銷售不是短暫的熱潮，也不是一次性的消費而已；而且每天只要咖啡館門一開就有新客人，網路上也可以訂購，這樣香料包就愈來愈有人氣了。

在一次熱巧克力的收工聚會上，山姆說他受到了非同尋常的啟示，「巴德拉做得怎樣？」他問瑟琳娜。巴德拉是廚師們的姪子，才十幾歲。因為包香料的工作量已經超過大家所能負荷，於是便雇了巴德拉來兼差，他唯一的任務便是在舅舅們的監督下包好香料。

「做得好像還行，」瑟琳娜說：「他很慢，非常慢，但是很謹慎。我寧願他慢些，也不要他粗心。」

「品質管制。」山姆同意道。

「他的舅舅們在這一點上灌輸給他『敬畏神』的觀念。」瑟琳娜說。

「是哪一位特別的神嗎？」山姆問道。

「全部啊！」瑟琳娜笑著說。雖然瑟琳娜是在印度長大的，但還是搞不清楚那許多神明。」

「我剛剛在玩試算表……」山姆朝著他倆中間桌上的一些紙張努了努下巴。

「真的是山姆你會說的話耶，玩試算表，哈哈！」

「真的啦，我覺得即使是妳也會覺得有趣喔，」他略表抗議：「我看了看上個禮拜的成績，發現香料包有個新的趨勢。我後來又回想了一下，這種趨勢應該是可以預期的，但是還沒看到它實際發生就是了。」

瑟琳娜揚起了眉毛。

「是口碑介紹，我講的不只是本地居民而已喔，一直都有來過我們咖啡館的客人推薦朋友來訂香料包。有一個例子是波特蘭有家叫做奧立岡的熟食店，他們每一種香料包都訂了二十包。」

「巴德拉可有得忙了。」瑟琳娜說。

山姆理解到瑟琳娜仍然看不出在他眼中如此明顯的事情：「我認為會比那個更好。只辦了一次咖哩之夜，連網路都沒有促銷活動就有這麼多人有興趣……我們的官網甚至連香料包的訊息都還沒列上去吧！」

「也許只是曇花一現罷了，」瑟琳娜說著，聳了聳肩：「再過兩個月，等到新鮮感消失了……」

「但另一種情況也是有可能發生的。」這個比較大膽的新山姆很順口地說出相反意見：「第二次的咖哩之夜可以建立在第一次的氣勢基礎之上。你可以送給每位客人一包香料，第一包都免費。這樣一來，會有更多人想要嘗試並購買的。」他拿起桌上的紙張，挑了其中關於預測那一頁，然後遞給瑟琳娜。

「妳看看如果銷售情況是按照第一次咖哩之夜後的模式來的話，那會怎樣呢？」

「左邊這個是什麼？」瑟琳娜問道，手指著其中一個圖表。

「以美金計價的銷售額。」

瑟琳娜嚇一大跳，「紅色的呢？」她指出一條角度陡升的直線。

「那是如果我們向資料庫裡的每一個人都發出香料包的促銷通知，根據保守估計的銷售額所畫出來的線。」

「太震撼了！」瑟琳娜張大了雙眼。

「我甚至還沒有把其它可能發生的助因考慮進來。譬如妳可能得到的一些人氣啦，網路促銷啦，又譬如波特蘭那家熟食店又重複訂購，或其它這類的事情。」

瑟琳娜在沙發上坐直了身子，「這些數據……」她大感訝異地直搖頭。

「現在，妳知道為什麼我會說好玩了吧？」他開玩笑道。

她點點頭，亮出笑容。

「不只是好玩，」山姆補充說：「這件事情很棒的一點是，讓我們可以重複做生意。觀光客最多來我們咖啡館兩三次，他們也可能會買個兩本書或是禮物，然後就沒了。但是，妳所創造的商品讓他們有機會……真的不誇張的，有機會可以一而再、再而三地品嘗假期的滋味喔。」

「繼續保持聯繫。」瑟琳娜補充道。

「沒錯！」山姆的眼睛也放光了：「除了那個之外，看看這些數字。」

「我知道。但要有那種數量，我們需要比來打工的巴德拉更多的人力，也要更常上市場去，我也得找一個能保證貨源的香料商。」

「這些都是值得去解決的問題，」山姆說著，同時催促著她翻到最後一頁，那上面顯示出咖啡館和書店的收入，加上香料包的預測收入：「只要看看最底下一行就好。」

「哇嗚！」她看著數字，瞪大了眼睛。

沉默了一會兒他才告訴她說：「這是個全新的事業，瑟琳娜。」

接下來他倆研究那些個數字好久，瑟琳娜因為這些可能性而興奮地臉頰紅通通的，但突然間她的神色轉為嚴肅起來，「你有收到法郎提起帳目的訊息嗎？」她問道。

這個問題乍聽之下好像不怎麼要緊，其實是很重要的。因為法郎一直都在忙著父親生病住院、接著又辭世的事情，瑟琳娜和山姆就決定不要太強調第一次的咖哩之夜。然而，他們在給法郎的每月報表中各有獨立的項目，每個項目都有附上簡短的說明。咖哩之夜項目那一行顯示，在咖啡館理應休息的某個晚上，其營收竟創下歷史新高。而且，他們曾經問過法郎：你喜歡嗎？

山姆看到她臉上的表情，搖搖頭說沒有。

「等我們聽到他的回覆再……」山姆收拾著這些報告，把它們堆放在咖啡桌上，然後說：「我覺得啦。」

他們兩人就坐著撫摸他們的「眾生朋友」好一會兒，這兩隻狗興致高昂地把頭往靠墊裡擠壓著，而我則用一種比較文青的氣息呼嚕嚕起來，為我的滿足感發出訊號。

「說到吃的，」瑟琳娜沉思了一下說：「我今天聽到一些關於營養和自制力的事，很有趣呢。」她講了尊勝寺的軌範師去找春喜太太的經過。

「我在想不知道對這些小傢伙來講是不是也是一樣的道理呢，」她說時注視著我和狗兒們：「我在猜，營養或許也會影響他們一天之中任一特定時刻的感覺耶。」

山姆短暫地往上面瞥了一眼，在他那百科全書似的記憶庫中搜尋著：「我記得在哪兒讀過，成貓的理想膳食是每天大約有十四隻老鼠大小的份量。」

「十四份！」瑟琳娜大叫起來。

山姆聳聳肩：「如果去掉毛和骨頭不算，普通一隻老鼠並沒有什麼熱量。」

「我想是沒有。」瑟琳娜承認道。

「可能與人類所需的營養有相似之處吧，所有動物都需要正確比例的水分、蛋白質、各種維他命，並維持平衡。」

「想到我們的心情會因為所吃的食物而受影響，真的很吃驚哩。」瑟琳娜沉思著。

「快樂的心情是化學作用促成的。」山姆說。

瑟琳娜半信半疑的樣子：「也許不完全是呢。但的確是有點化學作用的吧。」

「快樂是要素。」

「是重要的要素。」她修正道。

「噢，小仁波切，」她說著，並靠過來滿頭滿臉地親我：「我希望妳是化學作用下非常滿足的小雪獅呦！」

我是的，我想……喝完了份量是一隻老鼠大小的無乳糖牛奶之後，我非常肯定我是的。而且，再加上我今天吃到的美味餐點……春喜太太可口的燉牛肉是個無可爭議的亮點，我也帶著驚奇的心情，對「快樂」有了更深的領悟，否則那也可能一直都是個難解的謎呢。

為什麼在一個令人非常愉快的上午，我會突然感到無聊或暴躁起來，我已經找到原因了。原因就是……親愛的讀者啊，是食物。對人類而言，低升糖的飲食看來是抵禦倦怠感和不滿情緒的最好方式，低升糖飲食也降低了申請假釋者遭到拒絕的可能性。至於我們貓族嘛，要把這個世界弄好的話，有什麼會比一份老鼠大小的好吃點心更靠得住呢？

山姆把瑟琳娜從咖啡廳叫過去是兩天後的事了。

她走近時看到他坐在電腦前，面露愁容，「剛剛看到法郎傳來的訊息，關於帳目的。」他告訴她。

她不需要看到螢幕也猜得到是什麼回應，但……她還是看了。她看著法郎對他們問的「你喜歡嗎？」所做的回應……就在那一頁的下方，他用大寫字母寫著：「我不喜歡！」他甚至還在這幾個字下面加底線，以示強調。

山姆搖著頭說：「我真是不懂。」

「我倒沒有那麼訝異，」瑟琳娜說著，同時從電腦往後退了一步：「法郎對這家咖啡館的願景一直是個西方人的綠洲，是與外面的世界隔離的一塊『飛地』。」

（譯註：「飛地」是某個地理區境內有一塊屬於他地的區域。）

「即使我們的客人都已經用錢包選出了最佳獲利項目？」

瑟琳娜聳聳肩，但是她臉上的失望是藏不住的。所有關於未來的咖哩之夜、香料包、網路行銷的想法都在那一瞬間消失殆盡了；隨之而來的是關於「喜馬拉雅．書．咖啡」的前景一種不祥的預感——我們一頭栽進不可知的暗黑水域了。

第九章

放下吧！你每花一分鐘憂慮，就會失去六十秒的快樂。別讓你的思考變得像小偷一樣，偷走你自己知足的快樂。

來訪嘉賓：旺波格西

心念充滿太多起伏的情緒的話，就不會有快樂，不會有平靜；那對自己沒有用處，而且……對別人也沒有用處。

發現有個「猴子臉」占據了摯愛朋友的座位不走，還有什麼會比這個更令我不悅呢？

好吧，或許是有那麼一兩件事情更令我不悅，好比說，被兩頭口水橫流的獵犬追殺到高牆上，又好比偶然間得知自己上輩子是條狗這種事。儘管如此，你還是可以了解到我會有多沮喪吧。就在達賴喇嘛預計回家之前一週吧，那個早上我悄悄走進行政助理辦公室，卻發現丹增對面的椅子上不是空的了，而是被一個身材矮小、五官扭曲的比丘霸占著。我看到他那張乾癟的臉孔時真是嚇壞了，還差點往後摔了個跟斗。他的嘴巴極小，卻有大暴牙，而且一點點下巴都沒有，他臉上的表情似乎永遠都在做鬼臉。

我問我自己這是真實發生的事嗎？或者是我仍處於黎明前那個斷斷續續的瘋狂夢境。但是沒有啊，其他東西都很正常啊。丹增正安靜地寫信給法國總統，院子對面則傳來比丘們念誦的聲音，烘焙咖啡混合了緬梔線香的味道從走廊上飄了過來，今天就像辦公室裡的任何一天一樣……除了這張怪異的鬼臉之外。

丹增用他慣常的禮貌迎接我的到來：「尊者貓，早。」

我朝著他的方向走了幾步，然後向著我的左肩斜看了一眼。

「這位是達賴喇嘛的貓，」他向猴臉比丘解釋道：「她喜歡坐在我們的檔案櫃上。」

猴臉比丘嗯哼一聲，聊表心意，用極其隨便的眼神朝我這邊掃視一下，然後就繼續在邱俠的電腦上工作。

我呢，親愛的讀者，看多了因我的出現而激發出的不同反應，有像地獄使者——黃金獵犬那般窮追不捨的，也有像尊勝寺的比丘眾全身匐匍頂禮跪拜的，但我……實在不習慣「被忽視」。我在上頭蹲伏了一會兒，便凌空躍下，然後在邱俠的辦公桌上砰地一聲，嗯，落地是有點不穩。呃，我是在想，這下子，猴臉比丘就無法忽視我了。

可是他竟然繼續忽視我！一開始他的確曾懷疑地瞄了一下我這身奢華蓬毛……對大多數人而言，這可是魅力無邊的身材啊……我停靠在一本古老經書上，但緊接著，他竟粗魯地轉過身去，繼續看電腦螢幕，就好像他可以假裝我並沒有出現過那樣，他可以讓我消失似的。

我從丹增那兒得到的關注可就多得多了，他一直用他外交家的莫測高深追蹤著我的動靜。但我太了解他了，我知道他那張撲克牌臉後面有很多想法在激盪著。如果我沒誤會，他似乎覺得我這趟計畫之外的來訪頗為有趣。

過了超長的好幾分鐘，猴臉比丘繼續忽視我，他的眼球好像都要黏上螢幕了，就好像電腦是他的維生器材那樣，我領悟到坐在他桌上我是什麼也得不到的。於是，取而代之地，我慢慢步向丹增的辦公桌，在那張來自愛麗舍宮（法國總統官邸及辦公室）優雅精雕的信箋上小心翼翼地留下一個貓爪印子，然後再用我濃密的尾巴毛刷著丹增的手腕。那是我獨有的溝通方式，意思是：「來嘛，來嘛，丹增親愛的，你知道我知道，這裡有些什麼不對勁呢。」接著，我跳上了他身後的檔案櫃，粗略地刷了幾下我兩隻耳朵的後面，然後就準備好要開始睡個回籠覺了……

可是睡意全消呢，我如同獅身人面像那樣端坐著，四爪整齊地收攏在身體下方，雖綜觀著整個辦公室，但我的思緒卻飛回到猴臉比丘身上。他看起來好像正在丹增的監督之下做著事呢，他會做多久呢？上午結束之前他就會走人了嗎？還是會做一整天？

就在那時，有個新想法讓我自己嚇一大跳——如果他就是被帶來接替邱俠的工作的，那我怎麼辦？他會是來做全職工作的嗎？這個想法本身就是恐懼！他在那兒坐著，像一小團陰森濃密的烏雲，一點兒都不像心地善良、仁慈寬厚的圓滾滾邱俠啊。如果猴臉比丘要留下來長期工作的話，那麼行政助理辦公室將不會是我想要流連的地方了。這個庇護所因為離我與達賴喇嘛共用的房間很近，很方便，又隨時都歡迎我，但此後將會變成我必須刻意迴避的禁地了。多麼可怕的轉折啊！達賴喇嘛遠行時，我要上哪兒打發時間呢？我是尊者貓耶，怎能讓這種事情發生在我身上？

我要去「喜馬拉雅．書．咖啡」吃午餐時，猴臉比丘還在，不過我回來後，他就不見了。我在走廊上停了下來，遠望著辦公室那頭的丹增忙著將文件歸檔的模樣。這時，洛桑來了，他彎下腰來摸了我幾下，然後踏進辦公室，兩手背在身後，靠牆而立。

「進行得怎樣？你名單上的第一位表現如何？」他問著丹增時，眼光看向猴臉比丘之前坐的地方。

「他很勤奮喔，聰明機智。」

「嗯嗯。」

「就這樣……」丹增把大拇指和食指彈了一下：「……任務完成。」

我密切注意著他倆的對話，眼睛輪流盯著他們。

「他是我們幾間主要寺廟的住持都大力推薦的。」洛桑說。

丹增點點頭：「的確很重要。」

「也很關鍵。」

沉默了半晌之後，洛桑才暗示道：「我感覺到有『但是』的存在。」

丹增平靜地注視著他。

「如果只需要和住持們打交道，那是一回事了。但是，接這個職位的人必須和形形色色的『人們』維持良好的關係。」洛桑的目光向我看過來，並及時修正為：「是形形色色的『眾生』。」

洛桑看著我，好像沒辦法壓抑自己似的，便走了過來，將我抱起，擁入懷中：「他有點缺乏人際關係的技巧，不是嗎？」

「非常害羞，」丹增說：「他在談論經典方面還不錯，那點是確實的。但是，這個角色最大的挑戰總是人的問題——調停衝突。」

「給人臺階下。」

「正是，那是邱俠非常擅長的事情。他總是有辦法讓人們覺得他的想法就是他們的想法，也能訴諸於他們的最高目的。」

「罕見的天賦。」

丹增點點頭：「要找到接班人不容易啊。」

洛桑正用指尖按摩著我的前額，這正是我喜歡的方式：「我猜，他對待尊者貓也不好？」

「好像不知道要如何回應似的，就好像她是外太空來的那樣。」

洛桑輕輕笑了起來：「所以，他有做什麼嗎？」

「就只是忽略她。」

「忽略？他怎麼能對妳做出這種事情呢？」洛桑往下凝視著我的藍色大眼睛：「他還不知道妳擁有最後決定權嗎？」

「一點兒也不錯，能找出真正具有影響力的人物是這個職位的另一個條件。」

「而這種人物不一定是一般所料想的那樣啊，對不對呀，尊者貓？」

兩天後，我到辦公室時卻發現邱俠的椅子被某個山一樣巨大的比丘占著，他的頭就像山頂的巨石，他的手臂也是我所看過最長的。

喔，耶！這是誰啊？在你能念完「唵嘛呢叭咪吽」之前，巨石比丘已經一把抓住我的後頸，將我提起，把我盪在半空中，好像我是個厚臉皮的入侵者般要將我勒死似的。

「那位，」丹增很快解釋道：「是尊者的貓。尊者貓，她喜歡來辦公室，坐在我們的檔案櫃上。」

「喔，原來如此。」巨石比丘站起身來，用另一隻手抓著我，把我提到檔案櫃那邊，然後……我被大力摔落，一陣痛楚頓時貫穿我柔軟的後腿及臀部。

「她是個美人兒，不是嗎？」他評論道，他的手順著我的脊骨而下時好像要將我壓垮似的。

我哀怨地喵喵叫著。

「她很嬌貴的，」丹增提醒道：「而且也深受大家的喜愛。」

巨石比丘回他的座位後，我發著抖環顧這辦公室。在大昭寺，從來沒有人對我如此粗暴過。從來沒有誰會這麼隨意地把我從後頸抓起來，然後把我當作是動物園裡展示的動物那樣看待，這是我有記憶以來第一次在這間辦公室裡感受到「驚恐」的情緒。這個怪物不知道自己下手有多重，他其實無意要傷害我。把我摔落在檔案櫃那邊時，也許只是想要幫我省下自己跳上去的力氣。然而，我現在只想著如何避免他再碰我一下，如何能盡速地逃離辦公室。

我坐在那裡，焦慮地等待時機。丹增在審閱一份紅十字會提案的推薦函時，坐在他對面的「辣手摧貓客」正像一陣旋風似地活動著……一堆文件讀完了，電子郵件草稿擬好了，摘要報告也裝訂在文件上了，全都幹勁十足地完成了，抽屜都被砰砰砰的巨響猛然關上，電話也是被匡噹匡噹地擲回托架，因為他這些大動作，辦公室的空氣裡充斥著不和諧的刺耳聲響。後來．丹增說了個笑話，巨石怪獸笑翻了肚皮，並因此震盪出歡樂的超級颶風，襲捲了整個行政樓層。

就在他宣布要去泡杯咖啡，順便也要泡一杯給丹增時，我便從檔案櫃上一溜煙滑下來逃命去也。比起平日，實在早太多了，但我還是趕往「喜馬拉雅．書．咖啡」。途中，我發覺自己不禁想起，猴臉比丘相較之下還是較合我意啊。他忽視我這件事雖然傷害到我的感情，可是我也了解那是他的問題，不是我的。但另外這位穿紅袍的巨石比丘威脅到的可是我的命啊！如果他被選為邱俠的接棒人，那麼，我在大昭寺的生活可能多半是要努力掙脫他的魔掌了。

那樣的生活是怎樣的呢？

叮咚！我走進了咖啡館舒適順心的環境裡。因為不斷有來用餐和買書的人出出入入，這裡總是鬧哄哄的，可我都覺得安全多了。在此地我自然也從未被誰粗魯對待過，紅袍巨怪或者其他什麼的。

就在要往上爬到雜誌架頂層那個老地方的中途，我察覺到書店區一角，就是我們收工聚會時經常圍坐的地方有股不尋常的動靜。瑟琳娜和山姆站得很近，壓低著聲音說話時有種急切、機密的模樣。

「誰說……說的？」山姆問道。

「海倫．卡特萊特有個住在舊金山的朋友認識他姊姊貝若。」

「那……什麼時候？」

「很快，非常快。」瑟琳娜睜大了眼睛：「嗯，大概就是下禮拜，或者下下禮拜這樣。」

山姆搖著頭：「這樣可就不對了。」

「為什麼不對？」

「他應該早點兒告訴我們才對啊……發個電子郵件什麼的。」

「他沒有義務這麼做。」瑟琳娜咬了咬下唇：「他喜歡什麼時候回來就什麼時候回來。」

他們兩個都看著地板好一會兒。最後，瑟琳娜說：「多少讓我想清楚香料包的事情了。如果我都不在這裡工作了，那法郎是怎麼想的也就無關緊要了。」

「妳還不……不知道。」山姆的權威感不知跑哪兒去了。

「當初就是這樣說的啊。我只是代理人，暫時性的。我們達成協議時，我還計畫著到時候要回歐洲呢。」

「我們何不打電話給他？」

她搖搖頭：「山姆，這是他的權利、他的事業。就算現在沒有，我猜，未來也肯定會發生這樣的事。」

「或許我們可以問問別人。也許只是誤傳而已。」

他們結束談話後，我繼續爬到頂層，然後以「可頌」體位（又稱為「法式牛角麵包式」坐定。雖然瑟琳娜來咖啡館並沒有多久，但是她為這裡注入了溫暖與活力，讓本店變得更為獨特。我不願去想她可能必須離開這種事，特別是剛剛才經歷了山上所發生的那一切之後。

翌日，為避免「辣手摧貓客」追殺，我溜出了大昭寺，再度早早地就到了咖啡館。瑟琳娜那天來上班時，我看得出來有壞消息，山姆那時正在把一箱新到的書排列上架，瑟琳娜走向他並告訴他前一晚在瑜伽課上所發生的事。她有位同學，雷格・高爾，他是麥羅甘吉最有名的不動產經紀人，也受託在法郎回美國後代管他的住處。昨晚下課後，學員們要把長抱枕、毯子還有木磚放回原位時，瑟琳娜問雷格有沒有法郎的消息。

「喔，有啊。」雷格回答得一派輕鬆。那天早上他正巧在法郎家監督工人移除家具上的防塵套，把室內植物搬回原來的位置，還給儲藏室及冰箱新補了貨。上禮拜法郎就打電話給他了。他隨時就要回來了。

瑟琳娜震驚到都不知道該說些什麼了。她也覺得沒有心思留下來參加瑜伽課後的茶會。正巧，席德也同時出現在玄關，他瞧見了她臉上的表情便問她怎麼了。

讓她尷尬萬分的是……自己竟然哭了起來。席德謹慎地護著她不讓別人看見，還陪她一路走回咖啡館。她向他解釋說因為之前和法郎有過約定，所以目前的工作只是暫時性的……等他一回來，她就會失業了。

這天上午十點過後不久就來到咖啡館的，除了席德，還會是誰呢？我一開始並沒有認出他來，因為我只見過他穿瑜伽服的模樣嘛。他站在入口處，著深色西裝，玉樹臨風，顧盼之間盡是貴族風範。

瑟琳娜走向他，她的肢體動作顯示，他的出現令她又驚又喜。

「事實上，我是來看看妳的。」席德解釋著，同時與她一同走向餐廳後方那張以前高登．芬力最喜歡的長沙發，那裡也是最適合私下聊天的地方。

「很抱歉，我昨晚失態了。」瑟琳娜告訴他，此時他們已分別就座，也向庫沙里點好咖啡了。

「別這樣說，」席德是護著她的：「不管是誰，處在妳這種情境都會有同樣感覺的。」他仔細端詳著她好一會兒，眼中充滿關心之情，「我已經仔細想過妳的處境了。萬一發生了最糟的狀況，妳失業了，妳還是會想要留在麥羅甘吉，對吧？」

她點點頭：「但是，席德，那是不可能的。我需要一份工作……而且不是隨便什麼工作。我以前的想法是，我要的就是在歐洲的頂尖餐廳服務。但是，我在這裡待得愈久，我就愈了解到那不會給我真正的成就感，我已經找到能以更重要的形式給我回饋的其它東西了。」

「像是咖哩，還有香料包？」

她聳聳肩：「現在，這些聽起來都只是假設，不是嗎？」

他靠向沙發椅背：「是嗎？」

她的前額皺起。

「我記得妳告訴瑜伽同學說香料包變得很有人氣，」他說：「妳為了處理那麼多訂單，還得多招一個新員工的事。」

「他現在就在裡面呢，」她說著，頭偏向廚房那邊：「才過一個晚上又來了兩百份訂單。」

「我就是這個意思。」

「但是如果我不在這裡工作了……」她拉長了聲音，沒聽懂他的意思。

「妳還說法郎不想要繼續經營咖哩的項目等等。」

她點點頭。

「我想到的是，」席德說：「如果他回來後繼續當經理，堅持他原來的菜單，而妳則繼續做香料包，那也不會造成利害衝突啊。」

她瞪大了雙眼：「可是，要在哪裡做啊？」

「這附近有許多房子可用啊。」

「席德，我真的不知道。事實上，我們已經開始遇到供應的問題了。」

「香料的供應？」

「若只是中等的數量，達蘭薩拉的幾個市場是還可以。但是我們需要更大量最佳品質的香料，而且要能夠保證持續供貨的。」

「那個嘛，」席德強調：「那個我來安排就好。」

「怎麼安排？」

「透過我的人脈，我們與這整個地區的生產者都有聯繫。」

「我還以為你是在高科技產業呢。」她說著，疑惑更深了。

他點點頭：「也有啊。但是像有機香料的公平交易議題……諸如此類對我們社區，還有對我個人都是非常重要的。」

每次瑜伽課後在陸鐸家的露臺上聊天時，席德經常會講到「我們社區」。瑟琳娜逐漸領悟到，「我們社區」是發自他個人內心堅持持續的關愛之情。可是，他提到的「有機」一詞引起了她的關注，「價格怎樣？」

「我們都直接購買，成本可能會比妳在市場上問到的低一些。」

他剛剛說的是「我們」耶，她啜飲著咖啡，心裡這樣想著。然後，她把咖啡杯放下，並把手放在餐桌上：「你知道，就算我要獨立做生意，香料包能夠做起來唯一的原因也是因為有『喜馬拉雅．書．咖啡』。」

席德微笑著，他的雙眼因為關愛之情而閃亮著。他伸出手，短暫地把手放在她的手上碰了一下：「瑟琳娜，『喜馬拉雅．書．咖啡』是妳獲得香料包靈感的所在，但是經營要成功靠的不是它，咖啡館和香料包是完全分開的兩件事。」

瑟琳娜看著他，漸漸明白了他所說的道理。人們會一買再買的原因當然不是因為「喜馬拉雅．書．咖啡」，而是因為香料包的風味、方便性，還有價格。然而，對她而言，此刻更重要的是，為什麼他要跑來說這些話給她聽？很明顯的，席德為了她，還有她所面對的挑戰著實費了好大一番心思啊。這份心意要比她昨天以前所能想像的多更多。

瑟琳娜想著這些，心頭也快速地閃過其它事情。好比說瑜伽課後在露臺上，席德也常常坐到她身邊來；她一宣布說不回歐洲了，想要留在麥羅甘吉時，他又有多興高采烈的；她提到法郎失去了父親時，他也非常關心；所有這一切都指向同一個方向。

就好像山姆要一直等到布蘭妮站在他櫃臺前面並與他握手，他才注意到她一樣，這也是瑟琳娜第一次真正地留意到席德。也許他一直都在那裡，但直到現在她才開始要去了解他……才因為有了這個領悟而微笑著。

「那行銷怎麼辦？」有點分心的她提出了質疑：「客戶資料庫是『喜馬拉雅．書．咖啡』的。」

「法郎看來是個講理的人，」席德說：「就算他不想要繼續做香料包的生意，如果要他介紹客人給你，這也沒什麼衝突的。或許也可以付他使用費。」

她點點頭：「賣香料包做為補充性的收入還可以。但是如果是我自己要獨立創業……」

「妳會需要更廣的銷售網，最理想是拓展到海外去。而且也許有人可以助妳一臂之力。」

「噢？」

「『是妳認識的人。』」

又是那句話！「在這裡嗎？」

「我不記得他的名字，但妳說過他是速食業界最成功的企業家之一。」

「高登・芬力！」瑟琳娜想到了，「哇！」她大聲說：「就算只有開放他一條零售連鎖的通路……」她搖著頭說：「我不敢相信我居然沒有想到他這號人物。」

「有時候，從遠處來看這些事情會比較簡單。」

他們注視著彼此，最久的一次。

「這……真的是，太驚人了！」終於瑟琳娜開了口。這次是她伸出雙手，握住他的右手：「席德，這一切都要謝謝你噢。」

他微笑著，慢慢地點著頭。

「你有名片還是什麼的嗎？」瑟琳娜問：「如果我們需要再談談……」

「我都會去上瑜伽課的。」他說。

「你都好認真上課。」她告訴他說：「但是我這禮拜可能沒辦法固定去了。」

「我是一堂課都不會缺的。」

接著是一段氣氛詭異的沉默。然後，她繼續堅持：「我是不是能問一下你的電話號碼或什麼的？」

過了一會兒，好像有點不情願似的，席德伸手到夾克口袋裡，摸出了一個黑色皮夾，抽出一張名片來。

「這上面沒有你的名字耶，」他遞給瑟琳娜後，她注意到這點：「只有住址和電話。」

「就說妳要找席德就可以了。」

「這樣他們就知道了？」

席德輕輕笑道：「對，他們都認識我呢。」

那天後來瑟琳娜都心不在焉，有幾次我抬起頭來卻看到櫃臺後方的她出神地看向前方某處……我以前從來沒見過她這樣。還有，她從酒窖裡拿出一瓶冰鎮蘇維翁白葡萄酒之後，不是送到客人的餐桌，而是走進了廚房。還有，她擺擺手跟客人說再見，卻沒找人家零錢。雖然她仍然執行著餐廳經理的動作，可是她的心思明顯地不在那裡。

席德來找她這件事，讓她又驚又喜。她怎麼可能錯過？當他伸出手來碰觸她的時候，她臉上的喜悅已經充分說明自己的感情。她一了解到他為了她的處境所做的多番設想，她也不尋常地變得既自覺又害羞起來。但是此刻他不在這裡，她的思緒就被疑慮的烏雲籠罩了。法郎即將回來的消息、席德可能對她有興趣、他大膽又令人心驚的創業提案……這一時之間，要理解、接受的事情好多啊，為什麼所有的事情總要在同一時間發生呢？

我那天的午餐吃的是鮮美多汁的奶油嫩煎比目魚大餐，滿懷感激地大嚼之後不久，我便聽到她把席德的建議向山姆複述，不過她還是隱藏了她想保留的部分，「我不知道法郎肯不肯讓我使用顧客的郵寄地址呢，」她說著，透露出她的疑惑：「他好像不想要他的咖啡廳讓人有那方面的聯想。」

山姆不發一語。

「就算高登．芬力真的為我打開了大門，」她繼續說：「從那裡要達到穩定的零售訂貨量，路還很長吧。那我要拿什麼負擔這當中的成本啊？」

那天下午很怪。「喜馬拉雅．書．咖啡」通常是一個歡度時光的地方，但是那天，連常播放的曲子好像也換成了小音階的調子……聽起來悲傷、憂鬱，還帶點淒涼感。空中烏雲翻騰，吹來的風也寒意逼人，才三點，庫沙里就得將玻璃大門關緊了。

就我而言，我留下來只是因為很害怕若是在上班時間回到大昭寺的話，可能會遭遇不測。只要一想到巨石比丘對我伸出魔掌，我那長毛飄逸的灰靴子便要寒毛直豎起來。雖然再過幾天尊者就會到家了，但是巨石比丘的威脅感令我興奮不起來。

對瑟琳娜來講，席德來訪後無論她曾有什麼興奮感，也全都讓法郎即將回來的憂慮給沖淡了。

那晚的熱巧克力收工聚會似乎也確認了事情變得有多不可測，而且危機四伏。一如往常，瑟琳娜和山姆彼此交換了信號後，她便走向聚會地點，庫沙里則很快地跟上去，他的托盤上有三份馬克杯裝的熱巧克力，布蘭妮也固定加入了，還有就是狗餅乾和我的牛奶。

馬歇爾和凱凱很快地便撲上餅乾，大嚼特嚼，好像那是他們一整天下來的第一餐似的，而我端莊地用著我的牛奶輕食餐。山姆從書店區走過來，然後在瑟琳娜對面重重地坐下。

「布蘭妮會來嗎？」瑟琳娜問道，示意著托盤上第三杯巧克力。

「今晚不會，」山姆困乏地回答道。接著就一聲不吭地呆坐。一會兒又說：「可能永遠都不會來了。」

「噢，山姆！」瑟琳娜的臉上滿是關懷之情。

他喝了一大口巧克力後，匆匆看了她一眼，「吵了一架。」他說。

「小倆口的小爭執？」

他悲哀地搖著頭：「更嚴重一點。」

瑟琳娜保持沉默，然後山姆說：「她說她一直都想要去加……加德滿都，那裡最近有一個志工的缺額。她好像無法理解，我就是不能隨便放下書店的工作，跟著她一起過去啊。」

瑟琳娜噘起嘴唇：「很困難。」

山姆深深地嘆了一口氣：「選工作還是選女友？真是大哉問吶！」

此時的書店區早已沒有人了，餐廳這邊則還有一桌食客，是四位常客，他們的法式烤布蕾及咖啡也吃得差不多了，正呆坐著。因為庫沙里還在當班，瑟琳娜和山姆兩個都沒有多注意到他們桌子附近以外的狀況，這就是為什麼他們完全沒有提防會有個不知從哪裡冒出來的訪客突然現身。

這位不速之客是法郎的導師，也自命為山姆的顧問，他不是咖啡館的生面孔，可是也好一陣子沒來了……這位訪客只為特殊目的而來。

山姆感覺到通往書店區的階梯那邊有些動靜，便抬起頭來，卻看到此人就站在餐桌旁邊，「旺波格西！」他大叫出聲，眼睛睜得好大。

山姆和瑟琳娜一下子都站起身來。

「坐！坐！」旺波格西命令道，兩個手掌心面對他們倆：「我只在這兒待一會兒，知道嗎？」他側坐在山姆這邊的沙發椅邊上。

旺波格西非常有威嚴，他的臨在便足以鎮住在場的每一個人，讓他們變得溫順服從。瑟琳娜向山姆使眼色時，旺波格西告訴他們說：「有必要練習一下鎮定沉著。

心念充滿太多起伏的情緒的話，就不會有快樂，不會有平靜。對自己沒有用處，而且……」他刻意看向瑟琳娜，「對別人也沒有用處。」

瑟琳娜看向地板後，我感覺到旺波格西的凝視威力轉向了我，當時的我像是一本攤開在他面前的書，他好像完全知道我對猴臉比丘和辣手摧貓客有何看法似的，也知道我待在咖啡館是避難來的，怕死了都不敢回大昭寺去，還知道我向來無邊無際的自信已離棄了我。當我往上看著他時，我領悟到他了解我之深有如我了解我自己。

然後，山姆好像覺得被說中了，難過地點著頭，在不言而喻的真理面前是無法躲藏的呀。

過了一會兒，瑟琳娜說話了：「問題在於怎麼做。」

「怎麼做？」

「要保持平靜，要練習鎮定沉著，好難啊，」瑟琳娜說：「特別是……在這種多事之秋。」

「有四個工具，」旺波格西說道，輪流注視著我們每一個：「首先是『無常』。永遠不要忘記：這個、這些都會過去。你唯一確定知道的一件事情就是，無論現下境況如何，都會有所變化的。**如果你現在覺得糟糕，沒關係，等一下你就會覺得好些的。**

你知道這是真的，這一直都是真的，對吧？而且現在也還是真的。」

他們都點頭表示同意。

「第二，憂慮有什麼意義呢？如果你可以做點什麼改進，那就去做。如果沒辦法，憂慮又有什麼意義呢？**放下吧！你每花一分鐘憂慮，就會失去六十秒的快樂。別讓你的思考變得像小偷一樣，偷走你自己知足的快樂。**」

「第三，不要評斷。你說『發生不好的事情了』的時候，有多少次是錯的呢？失業可能正是眼下你需要的，這樣才能開始一份更能實現自我的事業。結束一段關係可能是要開啟更多機會，甚至比你所知道的現有機會多更多。發生的時候你以為是壞事，後來，你可能會覺得那是你有生以來發生過最好的事。所以，**不要去論斷什麼，無論當時事情看起來有多糟糕，你有可能全都猜錯了。**」

瑟琳娜、山姆和我全都愣住不動，盯著旺波格西。那一刻，他似乎就是佛陀本人，直接顯現在我們面前，告訴我們最需要聆聽的話語。

「第四，沒有污泥，就沒有蓮花。百花之中最為超然者生自污穢爛泥之中。痛苦就像是污泥，**如果痛苦使我們更加謙卑、更能夠同理別人，對他們更加開放，那麼我們就有能力自我轉化，變得像蓮花一樣擁有真實的美麗。**」

「當然，」旺波格西講完這些話之後，便從沙發椅邊上站起來：「我講的只是海面上的東西，也就是我們大家都要承受的狂風暴雨。但是千萬別忘了……」他傾身向前，用右手輕觸著心臟部位，「**在內心深處，在表面之下，一切都是安好的。**心念的原初狀態總是無限的、光輝的。你愈是能安住於那個地方，就愈容易去處理短暫的表象事物。」

旺波格西談到的東西是超過言語的，他也讓我們看到其意義。在那一刻，他所謂的「內心深處」、「一切都好」是一種可覺察的真實。然後，他走了，一如他來時那樣悄無聲息。

瑟琳娜和山姆都坐回了沙發，對於剛才所發生的事情，只能目瞪口呆。先開口的是山姆：「那真的是……相當……震驚，他剛剛現身的方式。」

瑟琳娜微笑著點點頭。

「他好像完全知道你心裡頭在想些什麼一樣。」山姆繼續說道。

「而且不只是你和他在一起的時候。」瑟琳娜補充道。

山姆看著她的雙眼好一會兒，一起感受她的驚訝之情。

「可是，他說的很對啊。」她微笑說道。她好像是在說她內心的疑惑已經解除了。

山姆點點頭：「對得讓人火大呢。」

他們兩個都輕輕笑了起來。

庫沙里打開了前門，晚間的微風在咖啡館內像漣漪般盪漾開來，靠窗戶那桌最後的客人也準備要走了。

我回味著旺波格西所說的話。唯有保持「沉著心」，才能有持久的快樂。如果我們的快樂要看情況而定，那麼這種快樂便會像情境本身一樣是短暫又不可靠的，正如一絲一絲的廢棄貓毛隨風四散一樣，我們的情緒也會被無法控制的力量拋起甩落。

要培養沉著心無需改變信仰，就像旺波格西解釋的那樣，這些培養的方法是不言而喻的。然而，培養的核心，沉著的精要即為熟悉「心念」的本質，我知道那是必須透過冥想的修練才能發展出來的，旺波格西明顯地已經精通了這項修練，這一點從他如此通透別人的心念便可得知；這是他自己的心念已經內外通達之後的自然結果。

過了好一會兒，瑟琳娜才注意到……她從山姆的臉很快地看向沙發，再彎下腰到餐桌底下查看，接著又望向餐廳那邊的櫃臺下方的籃子。

「狗狗！」她大喊。

山姆大吃一驚坐起身來，憂心忡忡問道：「他們跑哪兒去了？」

於是兩人站起來，在餐廳區和書店區到處找。

後來，瑟琳娜看到他們躺在咖啡館門外的人行道上呢。自從我們有收工聚會以來，馬歇爾和凱凱從未這樣離開過沙發，從未放棄可以被揉肚子的大好機會，他們也從未在深夜時分跑出去待在黑暗中，這真的是從來都沒有過的。

瑟琳娜和山姆彼此交換了眼色。

「他們是知道的。」她說。

第十章

為了所有人的利益所做的決定會是容易的，但是如果存有「自我」，那就會相當困難了。

來訪嘉賓：席德

是先有快樂，才有成功。

的確，他們是知道的。

過了一會兒，瑟琳娜揮手向最後一桌客人道晚安，隨即著手總結當晚的進帳，山姆在書店區後方也做著同樣的事情，庫沙里正在餐廳這邊做最後的整理，好讓明天早餐的工作可以順利進行，而我則是從書店區的階梯拾級而下，正要散步回家。

外頭突然有一陣騷動，我們全都朝門口看去。有輛白色的大型計程車就停靠在咖啡館外，車燈照得亮晃晃，有人從後座爬了出來，馬歇爾和凱凱興奮地狂吠，還撲上這位穿著無領運動衫和黑色牛仔褲的人。在他轉身之前，我們就知道他是誰了。

他彎下腰來一手抱住一隻狗兒，狗吠聲突然停了，取而代之的是好一陣狂亂的哼哼嗅聞、低吠嗚咽，還有舔臉。法郎仰著頭，開心地哈哈大笑。

他走進了咖啡館後，從瑟琳娜看向山姆、庫沙里，最後則是看著我。

「我從德里直接回來，就叫司機順道開過來咖啡館看看。結果燈還亮著……」無需多做解釋，他緊抱著這兩隻不停扭動的狗狗，歡喜不已。

瑟琳娜是第一個走向他的，「歡迎回來！」她說著，順便在他臉頰上吻了一下。

法郎把狗狗放到地板上。他們很快地衝向書店區的臺階，而山姆正要走下來，然後又飛也似地衝回法郎身邊，接著衝出門外到人行道上，又急奔進來。

「你回來了，太棒了！」山姆先握住他的手，接著緊緊抱了他一下。

庫沙里在不遠處，雙手合十，深深一鞠躬。法郎也依樣答禮，而且一直看著這位總領班的眼睛：「我向你鞠躬致意（Namaste），庫沙里。」

「我也向你鞠躬致意，先生。」

接著，法郎走向我坐著的這邊，將我抱入懷中：「小小仁波切，」他說著，親吻我的脖子，「我好高興，妳也在這裡喔。沒有妳的話，不會是這樣的。」

我緊緊地依偎在他的臂膀裡。

山姆往下看著那兩隻狗狗還是瘋了一樣地四處繞圈來回跑著，「我知道我沒跟你們提到我要回來的事，」法郎對山姆和瑟琳娜說：「那是因為我希望你們繼續進行手邊正在做的事情，再好好做一陣子吧。」

「你覺得你可以放著這裡不管嗎？」瑟琳娜說這話時面帶微笑，絲毫沒有暴露出她先前的憂慮。

「喔，我會來喝杯咖啡，吃個午餐吧。但是，全職經理的話呢……」他搖搖頭。「我不趕著要去做什麼。陪伴我爸的這整個過程，我領悟到應該要好好利用留在麥羅甘吉的時間，向所有這些明師請益。人生很短，我不想把時間全用來經營餐廳。」

那三個人類和我都專注地聽著。

「如果妳不打算回歐洲……的話，」他看向瑟琳娜：「那我會想要說服妳留下來，和我分擔這裡的工作。」

「這倒是個好主意。」山姆瞥了瑟琳娜一眼，咧著嘴笑。

瑟琳娜挑高了眉毛：「你信任我的判斷？」

法郎眉開眼笑的：「為什麼不呢？自從你們倆上台主持後，我們才有了前所未有的好營收。我不在這兒，大家似乎都比較好過呢。」

他把頭轉向一邊，看著狗狗們：「好在也不是每一個啦。」

瑟琳娜和山姆神色緊繃地互看了一眼。

「那只是……」瑟琳娜一開口，山姆也同時說：「當我們……」

緊接著兩個都閉了嘴。

「什麼啦？」法郎看著瑟琳娜，又看著山姆。

「咖哩之夜啦，」瑟琳娜努力吐出這幾個字，很快地山姆也接著說：「香料包啦。」

「沒錯！」法郎雙眼亮了起來。

「可是我們以為……」瑟琳娜開了個頭。

「你在電子郵件裡說……」山姆接著說。

「……說你不喜歡這個主意。」瑟琳娜又接回去把話說完。

法郎皺起眉頭：「是上個月的報表？」

他們點著頭，臉色頗為沉重。法郎又說：「我記得我寫的明明是：我不喜歡！我是好愛！」

山姆突然被不安籠罩著，「啊……一定是我滑鼠沒有移到那頁的最底下！」他滿懷歉意、可憐兮兮地看著瑟琳娜：「我們只看到第一句……」

但是瑟琳娜並不在意，她興高采烈地抓著法郎，抱住了他：「你所說的話讓我有多開心，你知道嗎！」

翌日用完早點後，我試探性地走出我和達賴喇嘛共用的臥房，踮起腳尖踏上行政助理辦公室門外的走廊，我已準備好，只要一發現「辣手摧貓客」的蹤跡便要全速衝回我安全的避風港。可是我聽到的是丹增和洛桑正在討論著最新發展，我向來好奇，便躡手躡腳地進了辦公室。

「……完全出乎意料啊。」丹增說著，一眼便瞥見了我。

他們同聲問候我說：「尊者貓，早啊。」

我便走過去，先磨蹭洛桑的腳，再磨蹭丹增的。

「重點是，他三天內就會回來，一回來行程就非常緊湊。」丹增回到他們先前的對話。他彎下腰伸出手撫摸著我：「尊者貓，妳聽見了嗎？三天內，妳最喜歡的職員會帶著尊者回到我們身邊了。」

雖然為了感激丹增對我的關愛，我弓起了背，但是尊者的司機也要回到大昭寺的消息卻讓我一點都興奮不起來。我本來還頗自豪自己是一隻擁有許多名號的貓咪，但這個粗俗的傢伙亂塞給我的名號真是丟臉丟到家了。那是在我被激發出最糟糕的獵捕本能後，用嘴叼了一隻昏迷不醒的老鼠進大昭寺而被他亂取出來的名號。親愛的讀者，你知道他給我取了什麼嗎？我耶！

毛、澤、東……（雖然他原來說的是「貓煞洞」，但用他的西藏口音說出來就成了那樣了啦。）

「尊者知道要找到適合這份工作的人有些困難，」丹增說：「我們短短的名單上列出的這幾位，不是技巧有問題，就是性格有問題，所以他建議先找短期人力好了。」

我大大地鬆了一口氣。這樣聽起來，邱俠的位置將不會被猴臉比丘搶去，我也不必每天為了躲避「辣手摧貓客」而飛也似地繞過行政助理辦公室。

「那你的短期人力什麼時候會來呢？」洛桑問。

丹增看了看錶：「隨時都會來喔。我剛才派了塔西和沙西去接他了。」

洛桑點點頭，他看了電腦一眼後又問：「他有沒有資訊科技方面的專長？」

丹增聳聳肩：「我都不確定他以前是不是用過行動電話呢！」

「但另一方面，有能力讀取人心肯定會是個優點。」洛桑評論道。

他們都笑了，然後丹增又說：「尊者所做的決定，有些在那當下似乎怪怪的，但是，我逐漸發現，事情常常都不是外表看起來那樣的。」

不一會兒，洛桑回到他的辦公室，我也盤踞在檔案櫃上的老地方，門外的走廊上傳來一陣赤足小腳跑跳的聲音，伴隨著許多小男孩的喧嘩……然後，瑜伽師塔欽毫無聲響或動靜，就忽然在辦公室裡現身。就像之前我在卡特萊特家所見到的那樣，他的長袍是褪色的紅緞錦，穿著打扮看起來好像來自遙遠的年代，他的四周有一股線香和雪松木的氣味。

丹增站起身來，「非常感謝您撥空前來。」他一邊說著，一邊深深鞠躬。

「能夠服務尊者是我莫大的榮幸，」瑜伽師塔欽也是邊說邊鞠躬回禮：「我沒有什麼才能，但很樂意效勞。」

丹增作勢要他坐在邱俠以前坐的位置，然後走回自己的辦公桌，如此他們便相對而坐了。

「尊者非常推崇您，」丹增告訴瑜伽師塔欽：「特別是，他這次一回來就必須處理幾項敏感的寺院職務的派任，這個還需要仰仗您大力協助。」

我還記得邱俠以前也覺得執行這種決定很困難，寺院的派系可說是高度複雜的，必須在經典權威、人格特質、傳承等等方面都取得微妙的平衡。

然而，瑜伽師塔欽輕輕笑了起來。那笑聲馬上令我想起某人，尊者本人！那笑聲好像是在說，無論所做的決定有多沉重，若能從恆常的快樂和永恆的觀點來看，那麼也是可以輕鬆承擔的。

「啊，是的。」瑜伽師塔欽說道：**「為了所有人的利益所做的決定會是容易的，但是如果存有『自我』，那就會相當困難了。」**

丹增坐在他的對面，似乎也因為瑜伽師塔欽那樣輕安的存在而有了不一樣的表現……我注意到他比起以前更靠向椅背坐著，他的肩膀也較不僵硬了。

「大部份的通訊我們都是在電腦上完成的，」丹增說著，手也指向邱俠的電腦螢幕：「我們也可以安排專人來協助你技術上相關的問題。」

「太好了，」瑜伽師塔欽說著，同時旋轉辦公椅讓自己面向著螢幕，一手把滑鼠拿過來，熟悉自如地彈壓了幾下，「我最後一次閉關前用的是微軟的辦公室軟體。而且誰會沒有個電子郵件帳號呢？可是，除了那些，我並不是很懂電腦。」

丹增面露某種驚訝的神色，毫無疑問地，他正領悟到永遠不應該太快去論斷一個瑜伽師的才能，畢竟，能夠洞悉實相本質的精微真理的人要建立一個文書檔案，應該是綽綽有餘的。

檔案櫃上的我稍微挪動一下姿勢，瑜伽師塔欽便從螢幕前抬起頭，瞧見了我。

「噢，小妹。」他大聲說道，並從座位上起身走過來，非常溫柔地撫著我。

「這位是達賴喇嘛的貓，也稱為『尊者貓』。」丹增解釋道。

「我知道，我們早已認識了。」

「為什麼喊她小妹呢？」

「只是一個稱呼而已，她是我的佛法小妹。」瑜伽師塔欽說。

我們雙方都知道他是在講我和瑟琳娜的關係，但其中的深意，現在的我也沒有比他第一次提到的那時更為清楚。可是在那當下，我們好像共享著一個祕密、一份理解，而其中的道理將會在時機成熟時自然揭露出來的。

瑜伽師塔欽回到他的座位後，丹增往上看了我一眼笑了笑，「我認為你們倆是朋友呢。」他評論道。

瑜伽師塔欽點點頭：「是啊，好幾輩子了。」

我一踏進「喜馬拉雅．書．咖啡」便注意到有些不一樣了，櫃臺下方的籃子是空的。這是我記憶中，本咖啡館首次沒有犬類的存在，我停頓了一下，感覺到「措手不及」的失落，這樣子告白乍聽之下雖然奇怪，但實際上我一度相當失望。法郎不在時，我和狗狗們成了好朋友。但是，我接著便想起法郎在前一晚令人驚喜的現身後，狗狗們有多高興看到他呀，我也為他們感到開心。不用說，他們早已跟著法郎回家了，在他們的世界裡一切都好吧。

咖啡館裡面的氣氛感覺起來也是這樣，昨晚法郎來了只有十分鐘，但是效果和下了一場大雷雨是一樣的，前些日子一直在累積的緊張不安，就在一次性的宣洩中得到釋放。瑟琳娜走起路來的步伐中帶著清新的活力，山姆忙裡忙外的，正在布置一個固定的新位置好展示香料包，甚至於服務生們也都重現活力了。「喜馬拉雅．書．咖啡」的一切都在回升當中，無庸置疑。而且，有一個人，比起任何其他人，瑟琳娜特別想要和他分享這個好消息。

好幾次我看到她走到接待櫃臺的電話旁邊，掏出席德的名片，拿起了話筒。然而每一次她這樣做的時候，都有些什麼事情需要她即刻去處理，因為不斷有各種活動進行著，咖啡館廳前面實在不是個能好好談話的地方，這也是她突然想到另一個方法的原因。

這次，她拿出席德的名片後，走向庫沙里。

「九重葛大街是？」她狐疑道：「是這裡的後面這條街，不是嗎？」她問道：「就是我上瑜伽課走的那一條街？」

「是的，小姐。」庫沙里確認著，他看了看名片後又說：「門牌號碼是一〇八，就是那棟有白色高牆、金屬大門那棟。」

「真的？」她朝著我所在的方向瞥了一眼：「那裡我知道啊，好像是某種營業場所喔？」

他點點頭：「我想也是，總是有很多人在那裡來來去去的。」

我可以看到她想法的走向，而這也激發了我的好奇之心。我還記得我被困在那大門門柱上頭，看著草波起伏的綠茵、高聳的雪松，卻是度日如年的情景。我也想到了那些花壇上怒放的奼紫嫣紅，芳香沁脾，還有那棟壯觀綿延的建築物有許多角落、縫隙，都是我們貓族特別喜歡去探索的……我決意要與瑟琳娜同去一探究竟。

我還記得這段上坡路有多遠，還有要挑戰那個坡度……我怎會遺忘？我決定要搶先一步，先發制人。於是，我率先走出了咖啡館，循著後方的巷子前進。一路上，對疑似獵犬之物保持高度警戒，然後開始爬九重葛大街，朝著那棟有著白色高牆的建築前進。我小心翼翼地持續接近那棟建築，也時不時地回頭張望著，萬一看到獵犬或者瑟琳娜在後面，我已準備好隨時找到掩護。我早就知道離咖啡館這麼遠的距離，瑟琳娜是不會讓我跟著她的，可是如果在她要進大門的那一刻我能及時現身的話，那她還有得選嗎？

這就是為什麼，瑟琳娜在靠近人行道這邊的大門對講機前說明來意，大門嗡嗡嗡打開時，我會這麼不經意地出現在她的腳邊……噢，好巧啊！

我們走了進去。

我們從一條鋪設好的步道向這建築的入口走去，通往前門處有幾級大理石階，上方是個有石柱的陽臺，那入口通道也有列柱，法式的雙開門上是晶亮的黃銅配件，整個看起來很正式。

瑟琳娜打開其中一扇門走進去，然後我們就置身於一個偌大的門廳裡，有原木窗格，有印度地毯，還有一張看起來非常古老的長桌散發著家具光亮劑的味道，除此之外，這門廳裡別無他物了。我們踏進來的是一棟什麼樣的建築物，一時之間還不明顯。那入口通道雖不像一般辦公室接待處那樣冷冰冰、沒有人情味，卻也沒有普通私宅會有的溫暖歡迎之意，再往前直走有扇打開的門通往走廊，向左轉則是另一扇門通往接待室，右邊則是樓梯。

我們正在推敲琢磨著這一切時，有個穿襯衫繫領結的中年男子出現在走廊上，並向我們走來。

「女士，有什麼需要幫忙的嗎？」他問道，因瞥見我坐在她腳邊，而帶著有點吃驚的表情。

瑟琳娜點點頭：「請問，席德在嗎？」

他看起來有點疑惑。

「席德，」她再說一遍，希望能釐清他的疑惑：「他也許在這裡做有關資訊科技的工作？」

「資訊科技？」他複述著，好像這是他有生以來第一次聽到這個詞語一般。他有點擔心地看了樓梯那邊一眼，然後便走過去。

「我去問問看。」他說。

他還沒離開門廳前，我們就聽到上方有門打開的聲響，接著席德便出現在樓梯上。就像前幾天那樣，他穿著深色西裝，看起來是個傑出的重要人物。

「我剛剛看到窗外有個人，想說是妳呢。」他說著，口氣有點驚訝，但也很開心，不過……好像也有著某種保留？

「謝謝你，阿吉。」他說著，並示意剛剛接待我們的人退下。

阿吉簡單鞠躬一下便急忙離去。

席德走樓梯下來時，瑟琳娜轉頭往下看著我說：「希望你不要介意，但是我好像被跟蹤了，我想你們不讓貓進來的。」

席德一到樓下，便張開手臂表示歡迎：「我們這裡當然可以啊！隨時都可以啊！

一個沒有貓的組織是沒有靈魂的。」

「有些消息我想要親自告訴你呢，」瑟琳娜告訴他，她雙眼明亮：「希望我這樣直接來你辦公室沒有關係。」

「很好啊，」他微笑說道：「我們來找個不會有人打攪的地方吧。但是，我正在等一通電話，所以隨時都可能必須離開一下講個電話。」

他領著我們走進一個房間，裡面有沙發椅、凸窗、邊框鍍金的畫作，繼續走便可通過玻璃門來到陽臺上，從一個非常不同的角度俯瞰著我先前看過的草坪和花園，陽臺上也設有舒適的籐製家具。

瑟琳娜便站著往窗外看了一會兒，欣賞遍地綠茵的美景，在這片土地的周圍有高大的松樹環繞，樹底下則是長長的車道，她注意到有東西在樹間穿行。

「噢，你看。」她說著，手指向一輛款款朝車道開去的白色賓士車。開車的人正是那個慣穿黑夾克和灰便帽的特殊身影，「他在這裡工作嗎？」瑟琳娜問。

「對。」席德答道，並邀她坐下。

「喝一杯嗎？」他提議。

她搖搖頭：「我一會兒就走。」

他拉把椅子坐在她的對面時，我嗅聞出這些家具的腳都有打蠟的氣味。我用後腿站立起來，審視著椅墊的布料，都是些用舊了的東西。雖然我以前從沒來過這兒，但是我馬上就覺得好像在自己家裡一樣。我跳上了瑟琳娜旁邊的椅子，這樣就能觀察我周圍的動靜。

「昨天晚上法郎突然回到咖啡館。」瑟琳娜開始說道。

「這麼快？」

她點點頭。「他沒有事先通知我們，因為他不想要以經理的身分回來。也不想馬上回復經理的職位。事實上……」微笑點亮了她的臉龐：「他提到了要分擔工作這件事，他想要有更多自己的時間，不用經營咖啡館。」

「真的？」坐在椅子上的席德把身子往前傾。

「事情變得好多了，」瑟琳娜吐露：「說他不喜歡咖哩之夜和香料包，整個就是一場誤會。」

「什麼？」

「很典型的誤會啊，」她搖著頭說道：「原來他寫的是『我不喜歡！我是好愛！』但是後面那句寫在下面，我們在電腦上看的時候，沒有將頁面捲到最底下。」

席德笑著，臉色也因為進一步的可能性而亮了起來。

「所以昨晚的短暫會晤後……」

「一切就都不一樣了。」

玻璃門上一陣急促的敲門聲，他們倆抬頭起來查看。有個穿襯衫繫領結的男子迫切地望著席德，開口說：「日內瓦在線上。」

「抱歉。」席德很快起身：「我會盡快回來。」

瑟琳娜坐著望向窗外的花園，享受著陽光。她的目光從茂盛嫩綠的草木慢慢轉移到席德離去的那扇玻璃門，好奇心勝出，她便起身走向之前的接待室，我很快也起身跟隨……這不需要我多說吧？

有個超大型壁爐占據了一整面牆壁，壁爐與瑟琳娜的肩膀齊高。壁爐上方懸掛著一幅鍍金鑲邊的大型畫像，那是一個帶著頭巾的印度男人，他穿著尼赫魯式的小立領上衣，飾以寶石鈕扣，腰間配有寶劍。他的面容嚴峻，和席德的長相神似，明顯有家族淵源。

另一面牆上則掛有一雙交叉的彎刀，刀鞘則套有黃金裝飾的黑色皮革，併排掛著的還有幾幅絲質的旗幟，上面有金銀絲線的細緻刺繡。瑟琳娜細細觀賞，然後她的注意力被吸引到一張擦得很亮的桌子，應該是很有紀念性的，上頭擺滿了許多加框的家庭照片，有些是灰褐色的，有些則是彩色的，這些照片是同一家族的幾代成員，有的是一人獨照，也有正式合照。席德和他父母的照片有好幾張，她頗留心地細看著。

那張桌子有一邊都是與一個年輕女性有關的照片，有些是她與席德合照，有些還多個小女孩，也有些是小女孩漸漸長大的獨照。

靠近凸窗的牆上有一大幅畫，是棟有黃金圓頂的宮殿式建築，建築被高牆和連綿的棕櫚樹所環繞……就是她在山姆書店看過的那種擺在咖啡桌上的書，有亮光封面專門介紹印度建築。她站著看那幅畫好一會兒，直到外頭有聲響吸引了她的注意。

從俯瞰著車道的凸窗往外看，那輛白色賓士現已停放在陽臺下，站在車旁的男人穿著深色夾克，頭戴灰帽，就是她一直以為是「瑪哈拉吉」的那個人，而正在向他說話的則是之前來叫席德去聽電話那位。雖然我們無法聽到他們兩人交談的詳情，但是很明顯，在講話的那位正在吩咐「瑪哈拉吉」去做什麼事。

瑟琳娜觀察著他們，心中尋思，想要釐清之前與席德的一番謎樣的談話。「有人說他是喜馬偕爾邦的瑪哈拉吉，」她曾經在瑜伽課後回家的路上這樣告訴席德，席德的回答則是：「我也聽說是這樣。」瑟琳娜現在突然發覺，他只是順著她所說的話表示同意，並不是在說這件事情就是對的。

後來，瑪哈拉吉在緊要關頭帶著大型滅火器出現，解救了陸鐸的住家和瑜伽教室，此事也無法解釋。但如果是有人通知他的話，那麼他能即時出現，這才比較說得通。

就在昨天，席德要給她名片時顯得為難；而給了名片之後，她看到那上面雖有聯絡方式卻沒有姓名。

最後，在進來這裡之後，她告訴那位接待人員說是來見席德的，他當下表現出來的反應也是不太尋常。

她內心深處對席德懷有的情愫，以及他對待她的體貼與關愛，這些似乎是再真實不過的。然而，為什麼又有這些解不開的謎？

傳來了席德步下樓梯的聲響，接著他穿過門廳朝我們所在的方向大步走來。他經過接待室時，瞥見瑟琳娜站在他家族照片的前方，於是停下了腳步。

「所以，你才是瑪哈拉吉。」她的口氣裡比較多的是驚訝，而不是指責。

他的表情嚴肅，點了一次頭。

「那為什麼……？」

「我付出過非常昂貴的代價才學會了『凡事謹慎』。瑟琳娜，我原本打算要直接告訴妳的，但沒有料到妳會像這樣來到這裡。」

「看得出來。」

他示意要她坐下來：「請妳聽我解釋。」

他倆再一次面對彼此而坐，她坐椅子，他坐沙發。我也再一次嗅聞著家具的腳，但這次多了更強烈的好奇心查驗了窗簾布，還有華麗的印度織毯。這裡也是呢！所有的東西我都覺得超熟悉的。

甚至有點像是回到老家的感覺。

「我的祖父在我這個年紀就繼承了一大筆土地，」席德告訴瑟琳娜：「他富有的程度即使是用帝國王公的富裕標準來看，仍然是非常非常富有的。他所擁有的鑽石是秤斤算的，他的珍珠是以畝計的，而金條是算噸的。」

「他所繼承的奴僕超過萬人，其中包括了四十名妾以及她們的兒女，隨身侍衛也有超過一千人，光是要為這個龐大家族從好幾哩外，卻也是最近的井汲取飲用水，就需要二十人專職負責。」

瑟琳娜全神貫注地聽著。我跳上了沙發，面向席德側身前傾，並用我的右爪揉揉他的腿試探一番，見他也不反對，我便爬上他的膝蓋，轉了幾下以確定最好的姿勢，然後便在他的細條紋西裝褲上坐定下來。我一安坐，他便撫摸著我，令我安心不少，那種感覺就好像我們在過去也曾經好幾次像現在這樣一起坐著。

「不幸的是，」席德繼續說：「我祖父不像之前的祖先，他並不精明。每個人都要來占他的便宜：他的顧問、他的僕人、甚至他所謂的朋友都是如此。過了好幾年，他失去了所有的房產、土地、錢財。我還記得他臨終時，我父親帶我去見他，那時，他住的宮殿都已經崩壞了，大部份值錢的東西也都被奪走了，但即使到了那種光景，宮殿裡還是人滿為患，都是些理應前來向他致敬的人們。我父親請來一間公司所有的保鑣，他們在幾個出入口搜查這些要離開的人……」席德搖著頭：「我都沒辦法說清楚，保鏢從那些人身上搜出他們企圖偷走的『紀念品』到底有多少了。」

「到了我父親繼承那個瑪哈拉吉的名號時，它就僅僅只是個稱呼而已了，除了在喜馬拉雅山麓的一棟搖搖欲墜的建築外，沒別的什麼了，我們也從來沒回去那棟建築過。他對做生意沒什麼興趣，而是全心全意在追求靈性，因為偏向佛教，所以他為我取的名字是釋迦牟尼佛的原名『悉達多』。」

我呼嚕嚕地叫起來。

「也許是因為他如此超凡脫俗，所以他不太了解失去家族財富的真正意思是什麼。我們仍舊活得好像有錢人，打著家族的名號，也總是有人願意借錢給我們。他送我出國接受教育，後來我和一個女孩在一起，她也誤以為要嫁的人是個富二代。」

「後來債主們終於失去耐性，開始逼債並威脅他，結果他就因心臟病發作過世了。我女朋友也離我而去。我回到家鄉，迎接我的是傷痛欲絕的母親和無比龐大的債務。所以，妳知道嗎……」席德以一種看透世事的表情望向瑟琳娜的眼睛：「從那時候開始，我就非常不願意使用這個一直風波不斷……的名號和姓氏。」

瑟琳娜憐惜地望著他，「聽了你的故事，我覺得很難過，」她溫暖親切地說：「你一定覺得很糟糕吧。」

「都是過去的事了。」他輕快地點點頭：「後來，我的事業發展得很不錯。不同於祖上的是，除了求取自身利益，我也專注在利益社區這方面，這就是為什麼我會有興趣去從事……譬如說，辛香料的公平貿易這部分。」

她笑著說：「你這樣太謙虛了啦。」她比劃了一下，意思是涵蓋這整幢建築和四周的花園，然後說：「在我看來你，已經非常成功了。成功一定帶給你很大的快樂。」

席德沉思了好一會兒，然後才答說：**「我認為事實上剛好相反。是先有快樂，才有成功。」**

看瑟琳娜仔細要聽的模樣，他繼續說：「我回到印度後，面對許多挑戰，但在我內心我很肯定自己的目的，我想要達成生命中的平衡，這是我的父親和祖父所欠缺的，那就是，練習冥想和瑜伽以便在心靈和身體上獲益，事業上的作為以獲取金錢利益自我和他人……是的，那也是。菜市場樓上一間小小的兩房小屋是我的住處也是辦公室，這也沒有多大關係，我已經感覺到自己是社區的一份子了，在許多小地方我都可以幫得上忙，**具有那種內在的滿足感時，我認為無論目標是否能達成，都比較有可能成功。」**

「『不執著』的悖論……似非而是。」瑟琳娜同意道。

「沒多少人能懂得這個道理。」

瑟琳娜迎向他的凝視，好一會之後才轉身指向牆上的畫：「那是你家人住的房子嗎？」

席德點點頭：「是我祖父那時留存下來的畫作。房子大致上還是一樣的，我們也在慢慢地整修中，想要回復它昔日的光采。」

「很壯觀呢！」

「四亭宮，在它的全盛時期，可說是令人讚嘆不已。如今，只能說是堪住而已。我母親一年前從德里搬去那裡，還帶著她的喜馬拉雅貓全家，就像這位一樣的。」

我好奇地向上望著席德。

德里，那是我的出生地，我的母親據說是某個有錢人家養的貓，他們後來很快就搬走了，沒有人知道他們的下落。

「她坐在你膝蓋上，你看起來很自在呢。」

「噢，對啊。他們是非常特殊的生物，對人類的心情和能量都特別敏感。」又過了一會他問：「也許我們可以一起把香料包介紹給全世界？我這樣想沒錯吧？」

他們談到銷售網、供應鏈、網路行銷，還有名流背書什麼的。然而，我可以感覺到在所有這些的底下，有些別的事情正在發生。那天下午，當太陽光透過凸窗灑進來，那感覺好像席德正與瑟琳娜共舞著。

接著，就到了瑟琳娜該離開，準備去上瑜伽課的時候了。我們要離開接待室時，她轉過身，回頭看了一眼那幅畫：「我想要看看四亭宮。你能找一天帶我去那裡嗎？」

席德露齒笑開了：「榮幸之至。」

我們三個向大門口走去。席德站在石階上，看著我們離去。

走在步道的半途，瑟琳娜轉過身說：「對了……悉達多，」她邊說著，邊用手擋住落日的餘暉，「大火那天晚上，我的圍巾的確是放在露臺上的，是不是？」

他沉默了半晌後點了點頭。

黃昏的清風帶著夜來香撩人的芬芳。瑟琳娜親吻自己的指尖，然後送給席德一個飛吻。

他面帶微笑，雙手合十在胸前。

第十一章

把「為自我設想」換成「為他者設想」
這……就是變得快樂的最有效方法。

來訪嘉賓：達賴喇嘛

尊者：「是的，小雪獅，妳和我同在這裡並不是偶然。我們曾經創造了同在一起的因緣。」

尊者回家的那一天終於到啦！我從第四十四次在犛牛毯子上的獨眠中醒來，都還沒睜開雙眼呢，就記起再過幾小時達賴喇嘛就會到家了，我歡天喜地，從床上一躍而起。

當天一早，整個大昭寺因準備工作而嘈雜熱鬧。從尊者的書房傳來清潔人員的聲響，他們正使用吸塵器做最後的打掃。我吃了幾口早餐，從我們的居所出來露面時，看到接待區有人送來新鮮花朵，這不只是用來歡迎達賴喇嘛而已，還有他隨後要接待的許多貴賓。

行政助理辦公室裡，丹增的椅子上是空著的，他和司機正在前往岡格拉機場的路上，他們要在尊者下飛機後迎接他。丹增會在回程的路上，針對最緊急而且重要的事務向達賴喇嘛做簡報。

而辦公桌的對面，瑜伽師塔欽才結束與某人的談話，就有另一人提出進一步的各種要求，但他沒有表現出任何躁怒的跡象，在處理這一切的態度上，他從容自在，甚至帶點玩樂意味，整個辦公室充滿輕鬆的氣息。

當我沿著走廊再往下走一點，在洛桑的辦公室門口停下腳步時，哎呦，那種輕鬆的感覺就不明顯了，他一向平和沉穩的風采很奇怪地有了改變。有好一會兒，我看著他整理書架，翻找好多檔案夾，把其中幾個整齊地放在辦公桌上，然後心不在焉地打量著四周，又過了一會兒我才意識到他可能正感到……憂心忡忡。

大昭寺其他人就沒有這種擔憂，相反地，空氣中歡慶的氣息震顫著。尊者很快就要回到我們身邊了，而有他在，我們將重新得到在此地工作的完整目的。一個接著一個快遞人員送來禮品、包裹，以及重要文件，在員工辦公室裡，因緊急事件而提高的聲量此起彼落，走廊上也因為人們找回工作上的意義而迴盪著笑聲。廚房裡的春喜太太正在為尊者的首批貴賓準備午餐，那飄散出來的食物香味是她的烹調手法無誤。

身為貓族「動物本能」發展良好的模範，我可以精準估算出達賴喇嘛回到家的時間。於是，我沒有懶洋洋地躺在行政助理辦公室的檔案櫃上，而是選中尊者在家時我最喜歡的地點……大接待室裡的窗臺上靜候。而且，身為貓族的當務之急就是，從這裡我可以視察樓下入口處來來往往的人們。

倒也不是說每個人的一來一往我都去視察啦。畢竟，如果早餐後沒有來點餐後小憩，那早餐又有什麼意思呢？就更別提那一陣陣從敞開的窗戶吹進來的徐徐微風有最令我愉快的助眠功效了。然後，過了不久，外面走廊上傳來一陣掌聲把我喚醒，接待室的門打開了，安檢人員進來做最後一次檢查……突然間尊者現身。

他走進來，兩眼直視著我，我們目光交接的那一瞬間，極大的幸福感勢不可擋，充滿了我全身上下。他撇下身後的隨行人員和顧問團，直接朝我走過來，擁我入懷。

「妳好嗎？我的小雪獅？」他低語道：「我好想念妳！」

他轉過身，這樣子我們就一起看向窗外，俯瞰著岡格拉山谷，那個喜馬拉雅山的上午，空氣似乎從來未曾如此清新，天空從未如此晴朗，柏樹和杜鵑的香氣也從未如此濃烈。我向下凝視著鋪滿松針的石子小徑，與尊者進行著無言的交流。

我呼嚕嚕叫起來時，他輕輕笑著，想起了他離家前我們最後一次的談話……他還需要問，我有沒有好好研究呼嚕嚕的藝術嗎？

他沒問。

我也不需要告訴他什麼，因為在我探索更深入的智慧和慈悲這方面的經歷，他知道的要比我自己更多。達賴喇嘛充分覺知到，在他遠行期間，我都學習了些什麼。他知道，在山下的「喜馬拉雅．書．咖啡」聆聽著名的心理學家講課，我領悟到雖然我們對於「什麼會讓自己快樂」有這麼多想法，但是很多時候我們的期望錯了。他也知道，維克多．弗蘭克（Viktor Frankl）說過：「快樂是一種副作用，源自獻身於一項『大於自我』的事業……」這句話對我產生了有意義的共鳴。

從瑜伽老師陸鐸的教室，我發現從過往的事件中是找不到快樂的。高登．芬力也已經證明了**不應該在不可知的未來中期待快樂**。而如果我要從邱俠的早逝這件事學到什麼的話，那就是唯有敏銳地去感受「生命短暫無常」，這樣我才能如實地去體驗每一天……都是奇蹟。

山姆．戈德伯格與他的快樂公式說服了我，無論我們所處的境況或個性如何，我們每一個人都有能力透過像是冥想這樣的練習獲取更大的快樂，更不用說去幫助別人時，我們自己經常就是第一個受益人了。呼嚕嚕的快樂還需要更好的理由嗎？

經由尊勝寺的軌範師，我逐漸明白情緒常常受食物左右。而瑟琳娜和山姆所面臨的個人危機，意外地讓旺波格西介入引導，針對如何培養平靜沉著給我們上了務實的一堂課。

悉達多，喜馬偕爾邦的瑪哈拉吉，他活生生地證明了快樂與成功的先後關係，這點與許多人所想的剛好相反。

但是，是瑜伽師塔欽，他讓我看到我對「自己的心念以及追求快樂的潛能」所抱持的觀點有多狹隘。還有英國籍的生物學家為我們所有「有情眾生」帶來希望，他解釋了概括理解的領悟力是一切眾生都具備的。當我們不把自己看作是能夠體驗意識的人、貓或狗，而是反過來，把自己看作是「意識」去經歷人類的、貓的，甚至是狗的體驗時，令人屏息驚嘆的變化就會發生了。

達賴喇嘛和我共渡喜馬拉雅山的晨光時，也共享著我們對以上那些道理的理解。正如他在踏上旅程之前所承諾的，也該是時候他來分享一下對於「快樂的真實原因」

他有何想法了……終於要把這一則信息，專為我，也為所有與我有特殊因緣的人在此說出來……親愛的讀者，你都陪我這麼久了，當然也包括你囉！

「關於快樂有一個特別的智慧，」尊者告訴我：「有些經書稱之為『神聖的祕密』。正如很多智慧，解釋起來很容易，但是要活出它的精神可不容易。『神聖的祕密』是這樣的：

如果你想要自己的痛苦止息，那就想辦法止息他者的痛苦吧。

如果你想要快樂，那就想辦法讓他者快樂吧。

把『為自我設想』換成『為他者設想』

這……就是變得快樂的最有效方法。

我迎著敞開的窗戶吹進來的晨風，咀嚼著他話中的微言大義，就算「為他者設想」只需想得與「為自我設想」差不多一樣多，這樣就已經很有挑戰性了啊。我每天清晨醒來的那一刻直到晚上就寢後，占滿我的意識中心的就是「我」，尊者貓、小雪獅、仁波切、斯瓦米、創世紀以來最美生物……就是「我」啊。

「為自我設想得太多是遭受很多苦難的一個原因，」達賴喇嘛說：「憂慮、沮喪、憎恨、恐懼，對自我過於執著都會讓這些情緒變得更糟糕。『我，我，我』這個咒語真的不太好。」

由於達賴喇嘛現在已清楚點明，我便了解，過去我最不快樂的時候就是我一心忙於為自我設想的時候。比如說，我因為邱俠叫人去清洗我的毯子而生氣時，在那個當下我並沒有去設想他者是否快樂……當然也沒有替邱俠設想的。

另外尊者還透露了至關重要的一點：「並不是終止了一切眾生的苦難，才能讓你自己不受苦；也不是要等所有眾生都快樂了，你才能快樂，如果真的要那樣，」他笑笑繼續說：「那麼諸佛不就都失敗了。」

「我們大家都可以學習使用這個神奇的悖論，似非而是，」他深深地凝視著我的藍寶石雙眼，對我說：「**小雪獅，要自私得有智慧一些。自己想要快樂的話，方法是先帶給別人快樂。**」他沉默了一會，只是細膩溫柔地撫著我的臉，然後才說：「**我想，妳每次呼嚕嚕的時候，就是已經做到這一點了。**」

尊者的歸來夠我們興奮一整天了，然而，還有更好的在後頭。因為聯合國的高階代表團會留下來用餐，所以我便可以在廚房見見春喜太太了。果真一如往常，她以提醒我舉世無雙的美貌，以及大份量的美味鮮蝦佐山羊起司醬來獎賞我的拜訪。那個醬汁……可口的乳脂，鬆軟綿密的好吃程度，讓一心要把碟子舔乾淨的我遲遲不肯鬆口呢。

緊接著，我坐在廚房外面斑駁的午後陽光中，洗著臉，覺受著吃飽喝足的滿意感。尊者回到他的駐守地了，春喜太太又將再度固定前來了，我的世界裡所有的一切都將回復原來應當的模樣了。

此外，還有點別的事可以期待呢：當晚會有個簡單的儀式，在大露臺上慶祝「下犬瑜伽教室」重新開幕。最近幾天，陸鐸的房子前面總有很多工人進出，他們要把被火燒壞的樑柱改換成比較堅固耐用的鋼鐵支柱。我聽瑟琳娜與高采烈說到重新整修完成的大露臺，不僅比以前更寬敞更牢固，還鋪了學員們送給陸鐸的一條非常漂亮的手織地毯。因為露臺即將啟用，所以陸鐸決定請一位神祕嘉賓來主持一場正式重新啟用的慶祝儀式。

因為我活躍於達官顯要的上流階層，親愛的讀者，我自然知道，不，是早就知道這位神祕嘉賓的真實身分。而你既然身為我的知己，我相信你心裡也必定有底啦。這個場合會有這麼多我喜歡的人們齊聚一堂，所以我決定，我……下犬瑜伽教室的斯瓦米，理應同赴盛會。

當天的黃昏時分，我開始努力爬上九重葛大街，還經過香料店，也就是幾個禮拜前發生過暴力傷害一案的驚悚現場。我沿著之前感到腹背受敵的人行道走著，就在我經過席德的豪宅那道白色高牆旁邊時，歷史……居然重演了！那兩頭怪獸不知又從哪兒冒出來，直接對我進擊。不過這次不一樣，這次……更糟糕！根本就是無路可逃。

四肢比較強健的貓也許早就橫衝過馬路，攀上牆頭，成功脫逃去了。但是我知道自己的局限，眼前就是死路一條。

於是，我轉身面對獵捕者，就在他們快追到我的前一刻，我坐了下來。他們正衝著我而來，期待一場熱烈的追逐，但我此時的舉動著實令他們大吃一驚，他們急忙伸出前爪，倉促地緊急煞住。我仰視著他們高大的身影，被一團滿是硫磺味的喘息熱氣所籠罩著。他們的大舌頭軟趴趴地垂掛在外，嘴角也不斷有口水滴落，然後……他們，居然要用鼻頭戳我！

我的反應呢？我就給他們……大聲吼回去。我盡可能張大了嘴，高亢嘶叫出來的怒氣堪比體型大上他們千倍的怒目金剛。我的心臟轟隆轟隆地跳，毛髮根根都豎直了。但是我一露出尖牙，才開始前後左右動了動我的嘴，那兩頭怪獸竟然稍微往後退開，還一臉詫異地偏著頭退。

這可不是怪獸們預期的反應。也不是他們會喜歡的那種反應。其中一頭於是把他的大鼻子晃到離我的臉兩三公分的距離，我便揮出如閃電般的爪子功予以痛擊。怪獸發出尖聲嗚咽，突然痛苦地往後撤退。

我們陷入僵局。他們已把我逼到了死角……雖然這也不是他們原先的計畫，而今發生了這樣的事，他們反倒不知如何是好呢，我表現出來的狠勁完全打亂了他們的遊戲規則。

就在此時，那個穿粗花呢夾克的男人走過來，「你們兩個，過來，」他大聲喊道，口氣輕鬆得很：「不要捉弄可憐的貓咪了。」他們被套上皮帶拉走時，可說真的是一副求之不得的模樣啊。

看著他們走開，令我大感吃驚的是……我發現此次遇襲，我受創的程度遠比我預期的輕很多很多。我轉身面對了我最大的恐懼，而且發現我可以克服它，我比自己所想像的更為強大。這是個棘手的困境，但是我對抗了那兩頭口水橫流的獵犬，並成功地保全了自己。

我繼續走著自己的路時，回想起尊者告訴我的那些話……**為自己設想太多是受苦的一個原因，當我們專注於「我」時，恐懼和憂慮就會更嚴重**。突然間，我問自己，好幾個禮拜前我被各種香料弄得髒兮兮，還在高牆上進退不得，那難道不是因為有兩頭獵犬窮追不捨，而是因為我一心只想保全身上這件毛衣？如果當初我能堅強面對，橫眉冷對進擊的獵犬，情況是否會好一些呢？所謂的「自我防衛」是不是有可能反而事與願違，誤傷自己，而成為痛苦的真正原因呢？

擊退獵犬後，繼續爬著坡路時，我感到更有力氣，也更加放心了。我也許只是一隻小小的跛腳貓，但是……

我有獅子心！

我是斯瓦米！

我是黃金獵犬的終結者！

陸鐸的房子因開幕聚會顯得喜氣洋洋，一排嶄新的西藏五色經幡在屋簷下明豔生動地飄揚，在風中訴說著無數的禱言。玄關已重新裝潢過，聞起來有新油漆的味道，入口處上方「下犬瑜伽學校」的字號也是重新印製的。

教室裡滿滿的人群，更多的是我之前在那裡沒見過的人。所有瑜伽學員班底都來了，有瑪麗莉……這回沒有夾帶扁酒瓶噢，喬登和艾文，而其他很多人都是一付未曾見過瑜伽教室的模樣，他們是受陸鐸的神祕嘉賓吸引而來的。我認出那些人裡有咖啡館的常客，有我走在街上看過的麥羅甘吉當地居民，連陸鐸的隔壁鄰居，也就是上次先起火那間的屋主也來了。當我在教室裡撿著路走，穿過一排排的瑜伽墊要到我的老地方時，人們也給予我合乎禮節的關注。

我很高興在最後一排看到了一個人，雖然在這裡他算是局外人，但是卻給我溫暖的熟悉感……是洛桑，看到他的那一刻便覺得他看起來放鬆多了，他自己安靜坐著，好個無牽無掛的比丘。他回復了寧靜，伸出手來撫著我時，眼中也充滿著平和。

教室前方的拉門敞開著，呈現出喜馬拉雅山的壯闊風光。全新的大露臺就在金、綠、紅、藍……四色編織的大蝴蝶結後方，彩帶在向晚的微風中輕輕搖擺，靜待著正式的開幕儀式。

近門口處熱熱鬧鬧的，接著瑟琳娜來了，她環顧教室，瞥見洛桑獨自一人坐在後頭，便馬上朝他走去。

「事情辦得怎樣？」她低聲問著，並坐了下來，伸出手拍了拍他的手臂。

他笑著點點頭，看來他好像不知道該說什麼。

瑟琳娜滿是關懷的神色：「那，你還好嗎？」

「我甚至不需要去問他，」最後洛桑還是開了口：「我去見他的時候，他花了幾分鐘時間告訴我他有多喜歡我幫忙做的那本新書，然後他就直接看著我說：『你還年輕，也有很多才華。如果你願意，去試試新的東西或許也不錯。』」

「噢，洛桑。」她說著，轉過身去抱他。

「再六個禮拜我就結束這邊的事情了，」他這樣告訴她時，因為興奮之情而噘起嘴：「在那之後，我就可以自由去旅行了。」

「你有想過要去哪裡嗎？」

「尊者有介紹一位泰國修院的住持給我認識。」他的雙眼因興奮而閃耀著：「我想我會從那裡開始冒險。」

我努力理解洛桑此時所說的話，心中百感交集。他一直都是大昭寺裡一個寧靜的存在，而我也理所當然地認為他會一直都在，我很難過他要走了。但最近幾個月我也知道有些事情不對勁，雖然他的工作有很大貢獻，可是他一直覺得靜不下來，需要一個新的方向。這件事進一步提醒我們，**這世間唯一不變的就是變化無常**。

過了一會兒，山姆推開珠簾走進來，第一次感受到這裡面絕妙的景象，他環顧著教室四周。瑟琳娜揮揮手，他便走過去她身邊，不一會兒布蘭妮也來了。

這兩位在瑟琳娜身旁坐下後，她仔細地端詳著他們：「真高興看到你們倆一起來這裡。」她說。

「加德滿都有很多事情要做，」布蘭妮咕噥著：「但沒有山姆的事。」

瑟琳娜點點頭：「所以，妳要留在印度？」

布蘭妮搖著頭時，山姆插了話：「簽了三個月的合約，前兩個月布蘭妮會一個人在那裡。第三個月我會去找她，然後我們再一起回來這兒。」

「這安排聽起來不錯呦。」瑟琳娜說。

「這樣子我們兩個都可以看到更多的喜馬拉雅山區，」布蘭妮解釋：「可是我想山姆比較有興趣去看看科槃寺（Kopan Monastery）的書店吧。」

「一生的嗜好啊。」瑟琳娜說。

「一日為怪咖……」山姆接著說。

「是超級怪咖。」布蘭妮修正他，並把手伸過來握住他的手。

陸鐸從玄關現身，他走到瑜伽教室前面，一如以往，像頭柔軟的獅子。他穿白色棉質合身上衣，著白色瑜伽褲，是比平常的打扮更帥氣些啦。原來他要帶領大家做幾個非常溫和的瑜伽動作，以便向初學者介紹瑜伽練習的一些基本知識。

就在陸鐸講解「山式」（Tadasana）的時候，席德來了，不尋常地遲到了。他瞄到瑟琳娜在後頭，便朝她走去。山姆和布蘭妮不需等人問，便自行往旁邊挪出位置好讓他和瑟琳娜可以一起練習。

他們倆剛好就在我坐的位置前方。我看著他們演練一連串的伸展動作，雙臂伸向天花板單腳平衡，跟著是扭轉，先做右邊，接著做左邊。一度，瑟琳娜轉錯邊，便和席德面面相對，他倆並沒有凝視前方的某個點，相反地，他們看著彼此的眼睛，這個雖意外卻不容動搖的深情凝望為時有一分鐘之久。

陸鐸領著眾人做了幾個坐姿體位。就在他們全都在做「兒童式」（Balasana）縮成一團時，有兩位安檢人員出現了，他們檢查完教室後，向陸鐸點點頭，接著，陸鐸告訴大家坐起身來。

他面帶微笑說：「我知道今天很多人來到這裡的真正原因，這也是我極大的殊榮，我在此滿心歡喜來為大家請到我們尊貴的嘉賓，西藏第十四世達賴喇嘛尊者，來為我們主持本瑜伽教室的重新啟用典禮。」

他宣布過後，大家紛紛報以快樂的呼聲。當尊者出現在玄關時，眾人出於尊敬之心都紛紛要起身致意，但是他揮揮手示意眾人坐著就好。「請坐著，坐。」他說著，然後雙手合十在胸前鞠躬，同時目視著教室內所有人的眼睛。

每次達賴喇嘛要走到人潮滿滿的室內前方時，他不會只是走經過人們身旁，他會在一路上與許多人互動。今天晚上，當他走向陸鐸時，他抓了一下艾文的肩膀，而看著瑪麗莉的眼睛時他輕輕笑了開來。蘇琪合掌敬禮時，他溫和地伸出手握住了她的雙手一下；她的臉頰滾下了一顆淚珠。

在達賴喇嘛走到教室前方的陸鐸身邊之前，室內已然有種敬畏的寂靜。每個人都感覺到了他毫不費力，卻不斷散發出來的能量，那種能量可以讓你從一貫有限的自我感受中跳脫出來，可以將你提升到能知覺自己無窮盡的本性，以及寬心確知一切都好。達賴喇嘛在敞開的拉門前站定，他融入了那幅壯觀的景色之中。

大自然的五行能量早已預謀在當晚籌辦一場超絕的日落大賞，青色的天空是舞臺的背景布幕，襯出以金色潑墨畫成的峰頂兀自閃亮著。喜馬拉雅群山雖然看起來雄偉、不變，但在那晚，他們就有如上天的眼睛，微微的眼波閃動著，可是卻隨時都能閉上眼睛融入虛無那般。

尊者站著賞景之時，他的驚嘆之情也傳達給了在場的所有人，在某個超越時空的片刻，我們一起都被吸引住，都出了神。然後，他轉身面向陸鐸，笑著。

陸鐸正式地行禮，並按照傳統呈給達賴喇嘛一條白巾，尊者還回白巾，把它圍在陸鐸的肩膀，並伸手握住陸鐸的手。接著，他轉頭看向我們說：「很多年以前，那時我剛剛來到達蘭薩拉，我就聽人說起這個德國人想要教瑜伽。我那時想，這個主意不錯啊，德國人都很有毅力！」

好多人都笑了。

「密切觀照自己的身體是一項基礎練習，這也非常有用處。如果我們想要培養『正念』（mindfulness），瑜伽是非常有幫助的，這也是為什麼我老是對陸鐸說：『多教點瑜伽呵，瑜伽有益於所有來這裡的人。』」

達賴喇嘛打量著人群，眼鏡後面的雙眼晶亮：「**身體就像一座寶庫。身體儲藏的寶物就是『心念』。**我們有這樣的機會可以鍛鍊自己的心念，這是非常、非常寶貴的，大多數的眾生並沒有這樣的機會，這就是為什麼我們應該好好照顧自己的身體，注意自己的健康，要好好利用這一輩子來利益自己、利益他人。」

尊者示意陸鐸接著說話。陸鐸首先歡迎達賴喇嘛光臨「下犬瑜伽教室」，並解釋說之所以命名為「下犬」不只是因為那個世界聞名的瑜伽體位法「下犬式」而已，也是因為他早年在麥羅甘吉所照顧的一頭拉薩犬……尊者凝視著掛在教室牆上那幅拉薩犬的畫像時，一臉的沉思之色。

陸鐸談到草創時期備受達賴喇嘛的支持與鼓勵，而今，數十年過後，他無法想像沒有這個特殊使命，教授瑜伽……的人生。因為最近發生的火災而得以重新整修的這個大露臺，為瑜伽教室翻開一頁新的篇章，他是這麼說的。

達賴喇嘛以藏語念誦禱文，祝願「下犬瑜伽教室」和在其中的每個生命體一切安好，在那短短的時刻裡，室內的氣氛似乎改變了。尊者的意識觸及到我們的，所以我們每個人都有種深刻神聖的感覺。

陸鐸遞上一把剪刀給尊者，請他為全新的露臺剪綵，尊者剪彩的時候，趣味十足，也引來熱烈掌聲。陸鐸說：「我告訴尊者火災發生時的事情，如果不是因為小斯瓦米在，還不曉得會多糟糕呢。」

坐在我前面的席德於是大聲說：「她在這裡。」

「是嗎？」

席德和瑟琳娜往旁邊挪了挪，所有的目光突然間都向我射過來。達賴喇嘛以衷心的愛意直視著我，接著又再次看了一眼牆上拉薩犬的加框相片，他轉向陸鐸說：「我非常高興她自己找到路回到你的身邊了。」

那一晚的最後，我在尊者床腳邊上的氂牛毯子裡躺著休息，他則坐在床上閱讀。我往上瞧著他時，想起了他對陸鐸說的話，還有瑜伽教室牆上的照片和我做過的夢。我也記起瑜伽師塔欽一看到我和瑟琳娜時，便稱呼我為「小妹」。也想到我和瑟琳娜及席德在一起的時候那種很舒服，很自在的感覺。

在過去的七星期中，關於「快樂」我漸漸得出了一些改變生命的領悟，但是我也發掘出一些其它的東西……一些既深刻又感人，而且完全出乎意料的東西。我所發現的是……我與這些親密的人之間連結的深度，而這樣的連結是我壓根兒想像不出來的，即使我並不能總是記得過去的事情，但我的確已與他們經歷了生生世世。

達賴喇嘛面帶微笑往下看著我。他闔上書本，摘下眼鏡，將之安放在邊桌上，然後他俯身下來，摸摸我的臉。

「是的，小雪獅，妳和我同在這裡並不是偶然，我們曾經創造了同在一起的因緣。就我而言，我非常、非常高興我們是這樣的。」

就我而言，也是如此啊，我邊想著，邊感激地呼嚕嚕起來。

尊者把燈關上了。

國家圖書館出版品預行編目資料

達賴喇嘛的貓 2 呼嚕嚕的藝術 / 大衛・米奇（David Michie）著；江信慧譯. -- 初版. -- 臺北市：商周出版：家庭傳媒城邦分公司發行, 2016.03　面；　公分

譯自：The art of purring

ISBN 978-986-272-981-6(平裝)

873.57　　105001049

The Dalai Lama's Cat and

達賴喇嘛的貓 2（好評改版）

The Art of Purring

作　　者／大衛・米奇（David Michie）
譯　　者／江信慧
責任編輯／賴曉玲

版　　權／黃淑敏、吳亭儀、翁靜如
行銷業務／莊英傑、王瑜、周佑潔
總 編 輯／徐藍萍
總 經 理／彭之琬
事業群總經理／黃淑貞
發 行 人／何飛鵬
法律顧問／元禾法律事務所 王子文律師
出　　版／商周出版
台北市104民生東路二段141號9樓
電話：(02) 25007008　傳眞：(02)25007759
E-mail：bwp.service@cite.com.tw
Blog：http://bwp25007008.pixnet.net/blog
發　　行／英屬蓋曼群島商家庭傳媒股份有限公司 城邦分公司
台北市中山區民生東路二段141號2樓
書虫客服服務專線：02-25007718；25007719
服務時間：週一至週五上午09:30-12:00；下午13:30-17:00
24小時傳眞專線：02-25001990；25001991
劃撥帳號：19863813；戶名：書虫股份有限公司
讀者服務信箱：service@readingclub.com.tw
城邦讀書花園：www.cite.com.tw
香港發行所／城邦（香港）出版集團有限公司
香港灣仔駱克道193號東超商業中心1樓；E-mail：hkcite@biznetvigator.com
電話：(852) 25086231　傳眞：(852) 25789337
馬新發行所／城邦（馬新）出版集團 Cite (M) Sdn. Bhd.
41, Jalan Radin Anum, Bandar Baru Sri Petaling, 57000 Kuala Lumpur, Malaysia.
Tel: (603) 90578822　Fax: (603) 90576622　Email: cite@cite.com.my

美術設計／張福海
排　　版／極翔企業有限公司
印　　刷／卡樂彩色製版印刷有限公司
總 經 銷／聯合發行股份有限公司
電話：(02) 2917-8022　Fax: (02) 2911-0053
地址：新北市231新店區寶橋路235巷6弄6號2樓

■2020年06月30日二版
■2023年04月27日三版2.1刷
定價／320元

Printed in Taiwan

本書是虛構小說。名字、人物、地點和事件純屬作者想像，作爲故事情節安排之用。若與眞實事件、地點、在世或亡故的人物有雷同之處，純屬巧合。本書第96頁：紀伯倫（Kahlil Gibran©1923）所著《先知》，Alfred A. Knopf 出版